Cysgu ar Eithin

SONIA EDWARDS

Gwasg
Gwynedd

Argraffiad Cyntaf — Tachwedd 1994

© Sonia Edwards 1994

ISBN 0 86074 111 7

Dymuna'r cyhoeddwyr gydnabod cymorth
Adran Ddylunio y Cyngor Llyfrau Cymraeg.

Cyhoeddwyd ac argraffwyd gan Wasg Gwynedd, Caernarfon.

Diolchiadau

Hoffwn ddiolch i'r Cyngor Llyfrau am eu cefnogaeth; i bawb yng Ngwasg Gwynedd am eu gwaith glân a manwl, ac i Gwyndaf am fy annog i ddal ati.

SONIA EDWARDS

1

Roedd y glaw yn picellu'n llwyd ar draws yr iard. Sglyfath o ddiwrnod.

'Ti'n mynd i drio amdani, debyg?'

Gwyddai mai fel hyn y buasai hi o'r eiliad y cychwynnodd y stori fod Moi'n ymddeol yn gynnar. A rŵan, dyna lle'r oedd hi. Job Moi. Ar yr hysbysfwrdd yn stafell yr athrawon; ar dudalennau jobsys y Cyngor Sir yn *Daily Post* dydd Iau. Doedd yna ddim dianc oddi wrthi.

'Mi wyt ti'n blydi ffŵl os na wnei di, twyt?'

Eric oedd wrthi eto, yn estyn dros ei fol i gyrraedd ei groesair a'i stympiau sigarét wedi'u gollwng fel carthion tylluan ar hyd y bwrdd o'i flaen. Gwanodd llafn sydyn o genfigen tuag ato trwy gylla Tecwyn. Wyddai Eric mo'i eni, y llwdwn blêr iddo fo. Doedd yna neb yn disgwyl dim byd gan hwnnw bellach, ddim hyd yn oed Eric ei hun.

'Ma' gin i bum mlynadd i fynd, yli, washi. Mi wna i cyn lleied ag y medra i tan hynny yn y diawl lle 'ma. Dim ond digon i ennill, dallta. Mwya'n byd wnei di iddyn Nhw I Lawr Grisia', lleia'n byd o barch gei di!'

'Ti'n deud? Pam ddylwn i drio am y job dirprwy 'ma ta? Waeth i mi ista'n ôl a gneud run fath â chdi ddim. Llai o hasl, yn basa?'

'Basa; ond ti'n wahanol, twyt, Tecs?' Culhaodd llygaid

Eric yn ddireidus wrth iddo ddrachtio gweddillion y cysur o'r stwmp a lynai wrth ei wefus isaf. 'Ma' gin ti egwyddorion!'

Pethau na fyddai Eric yn eu hadnabod petae o'n baglu drostyn nhw. Un o'r hen stêjars oedd Eric, a'r datblygiadau diweddaraf ym myd addysg wedi mwydro'i ben o'n lân. Roedden Nhw'n disgwyl eu cyfle, y Nhw I Lawr Grisia', y Prifathro a'i dîm rheoli goleuedig, uchelgeisiol a'r rheiny â'u bryd ar chwynnu'r borfa, symud hefo'r oes. Pawb heblaw am Moi. Roedden nhw ar bigau'r drain yn disgwyl i Eric Wilias a'i debyg fynd yn sâl, neu'n hŷn — p'run bynnag ddeuai'n gyntaf. Ac roedd Eric yn gwybod, yn chwarae'r gêm. Gêm o ddisgwyl oedd hi — iddo fo, iddyn Nhw. Hiraethai Eric am yr hen ddyddiau pan oedd plant yn bihafio rhag ofn iddyn nhw gael stîd. Roedd eu rhieni nhw'n gwybod eu lle hefyd, yn lle busnesu a chwyno bod eu plant nhw'n cael cam. Ers talwm, os oeddech chi'n ffraeo un o'r ffernols bach mi gâi hwnnw bryd o dafod wedyn gan ei fam ar ôl mynd adref. Heddiw mi gaech lythyr cas neu ymweliad gan seicolegydd plant llwydaidd yr olwg a eglurai fod gan blentyn a oedd yn camymddwyn 'broblemau ar yr aelwyd'. Gogleisiai'r ymadrodd hwn ei synnwyr digrifwch — gwnâi iddo feddwl am huddyg wedi disgyn i'r grât am fod yna dderyn yn sownd yn y corn simdde. Doedd pethau ddim wedi bod yr un fath ers i'r hen Rowlands Sgŵl riteirio. Hen drymp go lew os oeddech chi'n medru'i ffordd o, ac yn edrych ar y byd drwy'r un gwydrau; gorau oll os oedd diferyn bach euraidd, cynhesol yng ngwaelodion y gwydrau hynny. Oedden, roedden nhw'n ddyddiau da. Neb yn holi nac yn pwyso, nac yn cadw cownt sawl gwaith yr oedd dyn yn claddu'i fam-yng-nghyfraith, meddyliodd Eric yn brudd.

'Ydi o'n un anodd heddiw, ydi?' Rhwygodd llais Tecwyn ar draws ei fyfyrdod.

'Be'?'

'Y croesair 'na. Gormod o straen ar y brên pysan 'na sgin ti.'

' 'Meddwl i'n crwydro rŵan, chan. At yr hen ddyddia. Pan oedd Rowlands yma. Ti ddim yn cofio hwnnw yma, nag wyt?'

Ysgydwodd Tecwyn ei ben. 'Huws oedd yma pan ddois i.'

'Dyn neis ydi Mr Huws. 'Dan ni'n lwcus ohono fo!' Miwriel Maths oedd yn siarad, yn cyfri'r sacarins i'w chwpan goffi'n daclus rhwng ei bys a'i bawd. Gwenodd yn boléit ar Tecwyn, heb ddefnyddio dim ar ei llygaid. Roedd ganddi flewyn bach du'n tyfu ar ei gên.

'Mi fasach chi'n deud hynny, basach, Miwriel?' Roedd llygaid Eric yn dawnsio'n beryglus wrth wylio'r ddau ddotyn bach coch, fel dwy fefusen, yn staenio'i gruddiau'n araf bach.

Cododd Miwriel yn drwsgl i roi dŵr poeth dros ei phaned, ei bysedd yn ffrwcslyd, hen-ferchaidd yn tynnu godre'i chardigan yn nerfus dros ei dim byd o ben-ôl.

'Ti'n hen fastad, Eric!'

'Pam?' Roedd cysgod o wên yn fflantian ar draws ei wyneb o. 'Mae o'r un fath hefo'r merchaid 'ma i gyd, yn Duw!' Gwyrodd yn nes at Tecwyn a mwmial yn ffug-gyfrinachol: 'Gwbod lle i hel ei ddwylo hyd-ddyn nhw, yli. Yr unig thril ma' rhai o'r hen ieir 'ma'n ei gael! Anti Miwriel yn picio i edrych amdano fo reit amal i lawr tua'r offis 'na, glywis i!' Roedd Eric yn beryg bywyd heddiw — ddoe'n ddiwrnod cyflog a heddiw'n ddydd Gwener. Gofalodd Miwriel na ddaeth hi ddim yn ei hôl i eistedd i'r un lle.

Taflodd Tecwyn gipolwg ar ei wats. Tri munud tan y gloch nesaf. Dwy wers, ac adref. Meddyliodd am Mererid, yn ei les pinc, yn ffrothio'n gysglyd rhwng y llestri brecwast, minlliw'r noson cynt wedi gwelwi ar ei gwefus fel rhosyn ar ddarfod. Gweithio yn y banc yr oedd hi pan briodon nhw ond rhoddodd y gorau iddi'n syth ar ôl geni Esyllt. Cofiai ei hwyneb, yn dryloyw yn erbyn y gobennydd, wedi ymlâdd, a'r fechan yn ei breichiau. Esyllt — â'i hwyneb wedi crychu a'i chroen yn sgleinio fel papur sidan pinc; Esyllt yn ddiwrnod oed — darn bach o fywyd yn sgrechian mewn siôl, yn brawf o Mererid ac yntau yn un.

Doedd dim gwahaniaeth ganddo pan ddywedodd Mererid nad oedd hi am fynd yn ei hôl i'r banc. Siort orau, meddai wrthi. Mi ddown ni i ben â hi. Yn ddistaw bach roedd o'n falch. Felly dylai pethau fod. Roedd gwybod fod ganddo deulu bach del a ddibynnai'n gyfan gwbl arno ef yn sbarduno Tecwyn yn ei flaen, yn ei wneud yn ddarlun o athro cydwybodol. Bachodd bob cyfle — y cyrsiau, y Cwricwlwm. Crafodd. Fe'i dyrchafwyd.

Roedd ganddyn nhw safon byw gyfforddus ddigon ar gyflog Pennaeth Adran — Lwfans D. Cawsant y gwyliau tramor blynyddol, y tŷ pedair llofft, y Volvo dwyflwydd oed a'r Fiat bach coch 'picio'n-ôl-ac-ymlaen' hwnnw i Mererid. Roedd Tecwyn yn fodlon, yn ben ar ei deulu bach o dri. Yna fe aeth Moi yn sâl. Hen fôi iawn, Moi. Halen y ddaear. Dirprwy Brifathro Ysgol Glannau Alaw ers pymtheng mlynedd a chanddo ddisgyblaeth haearnaidd. Byddai adar brithaf yr ysgol â'u pennau yn eu plu am ddyddiau lawer ar ôl cael eu hanfon ato ef i gyffesu eu camweddau: Moi Edwards a'i enw fel cnul marwolaeth ymysg yr haflug oll, yn chwe throedfedd o arswyd a chanddo ysgwyddau fel arth; Moi â chalon fel pwdin er bod ei wyneb o'n ddi-ildio fel hen gneuen; Moi yno bob dydd am fod ganddo feddwl o'r plant.

Pan gerddodd Tecwyn i mewn i'r ward, chwalodd ton o chwithdod drosto. Roedd dieithrwch y sefyllfa'n gwneud iddo deimlo'n glogyrnaidd. Safai yno uwchben y gwely'n cydio mewn bagiad o ffrwythau a gwres annaturiol yr adeilad glân yn cyniwair o dan ei geseiliau.

'Ewadd, Tecs, achan! Tyrd â chadair i fama, yli. Diolch i ti am ddŵad, rhen hogyn!'

Yr un Moi oedd o yn ei sgwrs. Edrychai'n od mewn pyjamas, ei wallt o'n sticio i fyny'n ddraenogaidd lle bu'i ben o'n gorffwys yn erbyn y gobennydd. Roedd o'n llai dyn o'r hanner yn ei wely.

'Gawsoch chi hen bwl go annifyr, meddan nhw.' Roedd Tecwyn yn bustachu'n swnllyd hefo'r gadair blastig, yn casáu teimlo'r chwys yn cronni ar ei wegil a'i dalcen.

'Do, achan, Cymryd pwyll rŵan, medda'r doctoriaid 'ma.' Daliodd ei law i fyny i ddangos lle'r oedden nhw'n rhoi'r pigiad iddo fo. Roedd hi wedi cleisio'n felyn lle'r oedden nhw wedi stwffio'r nodwydd. Gwenodd yn dila. 'Warffarin. I deneuo'r gwaed. Stwff lladd llygod mawr!' Moi'n dal i gellwair a'i wyneb o'r un lliw ag uwd. Llyncodd Tecwyn.

'Am faint maen nhw'n eich cadw chi yma?' Bywyd Moi

11

yn nwylo pobl eraill a lloriau'r ward yn sgleinio'n lân. Beth arall oedd yna i'w ddweud?

'Deg diwrnod. Wedyn adra am dipyn o wythnosa.' Culhaodd llygaid Moi'n gyfrinachol. 'Dydi pethau ddim yn ddrwg i gyd, sti. Dwi 'di cael yr arwydd rŵan, do? I 'rafu. A dyna wna i hefyd. Dwi 'di gneud digon o flynyddoedd rŵan beth bynnag.'

'Be' dach chi'n feddwl?' Roedd arno eisiau clywed Moi'n cadarnhau'r hyn yr oedd o eisoes wedi'i amau.

'Fy mhasbort i allan, 'ngwas i. Riteirio. Wrthodan nhw mohona i rŵan, na wnân, a'r hen dicar yn fy hambygio i!'

'Rhy fawr 'di hi, Moi!' Ac roedd o'n ddiffuant. Bu Moi'n gefn iddo.

'Iesu, paid ag edrych mor ddigalon! Mi ddaw 'na gyfle i ti rŵan, daw?'

Teimlodd Tecwyn fel petae rhywun wedi'i bigo yntau hefo nodwydd.

'Be'?'

'Paid â sbio mor syn, hogyn. Ma' isio edrych yn bellach na dy drwyn yn y gêm yma, sti.'

Tro Tecwyn oedd hi i ddwrdio rŵan; roedd cwrteisi'n ei orfodi i anghytuno.

'Rhowch gorau iddi hefo'ch rwdlan, wnewch chi, Moi! Chwe wythnos gartra hefo'r wraig a mi fyddwch chi'n dyheu am gael dŵad yn ôl!'

Chwarddodd Moi'n araf, yn gwerthfawrogi teyrngarwch amlwg y gŵr ieuengaf. Dyna'r union beth a fyddai yntau wedi'i ddweud ers talwm yn sefyllfa Tecwyn. Gostyngodd ei lygaid, ei ddwylo mawr yn pletio'r gynfas o'i flaen ac meddai'n dawel, benderfynol:

'Na, Tecwyn. Dwi o ddifri. Wedi cael digon, 'machgan

i. Ma'r job 'di newid, weldi.' Cododd ei lygaid drachefn ac roedden nhw'n pefrio hefo'r hen ddireidi. 'Taswn i isio gwaith papur, mi faswn i wedi mynd i weithio i swyddfa'r dreth!' Difrifolodd. 'Fedra i ddim dal i fyny, Tecwyn bach. Dyna sy wedi fy rhoi fi ar fy nhin yn y gwely 'ma, dallta!'

Estynnodd am y gwydryn dŵr oddi ar y cwpwrdd ger y gwely a sylweddolodd Tecwyn pa mor fregus ydoedd popeth. Meddyliodd am wynebau rhai o rafins Dosbarth 5L pe gwelsen nhw Moi rŵan. Roedden nhw wedi anfon cerdyn, pob un ohonyn nhw wedi arwyddo'u henwau'n daclusach ac yn fwy cydwybodol nag y gwnaethon nhw ddim byd arall ers tro. Hefo fo'r oedden nhw'n cael Mathemateg am na fedrai neb arall gael trefn arnyn nhw. Roedden nhw'n galed ac yn gelwyddog, yn fandaliaid ac yn lladron a'r genod yn eu plith yn hwrllyd, baentiedig. Ac roedd ganddyn nhw i gyd feddwl y byd o Moi.

'Gormod o newidiada, Tecwyn. Gormod i mi. Ma'r ffasiwn wedi newid, weldi. Llenwi ffurflenni ydi hi rŵan, a mynd ar gyrsia, a chael cinio tri chwrs hefo rhyw gywion o ddirprwyon mewn teis lliwgar sy'n fodlon ista ar 'u tina'n clarcio!'

Edrychodd y dyn mawr yn y gwely allan heibio i Tecwyn ar y blocyn ffenestrog arall ar draws yr iard — ymestyniad di-liw o'r adeilad antiseptig, cyfrifol y gorweddai ef ynddo. Edrychai anferthedd ei gorff yn anghymarus yn erbyn culni'r fatres. Roedd amgylchiadau wedi'i garcharu mewn dillad nos streipiog a'i drechu. Syllodd Tecwyn eto ar law Moi, ar frychni'r croen a'r clais yn staen arni — edrychai'n chwyddedig ac yn aeddfed, fel gellygen yn ymyl hollti. Roedden nhw'n paratoi'r pryd gyda'r nos yn barod. Gallai arogli'r cynhesrwydd llysieuog trwm ac roedd y cyfan yn codi pwys arno. Cododd i fynd. Roedd gwres y lle'n glynu wrtho ac yn trymhau'i gymalau i gyd.

2

Cymerasai Mererid ofal arbennig gyda'i cholur a'i gwisg. Pe na bai hi ond wedi tynnu crib drwy'i gwallt a gwisgo'r dilledyn agosaf at law mi fyddai hynny wedi mwy na gwneud y tro — roedd hi'n eithriadol o dlws. Y perffeithrwydd allanol hwn a ddenodd Tecwyn ati yn y lle cyntaf — dyna a hoeliai sylw pob dyn y daethai hi ar ei draws erioed. A gwyddai hithau hynny'n burion. Roedd ei gwallt yn dywyll, bron yn ddu, yn rhaeadru'n sidanaidd hyd at hanner ei chefn. Heddiw roedd hi wedi'i gyrlio fo a'i bentyrru'n ofalus o flêr ar dop ei phen fel bod ambell gudyn yn cael dianc yn bryfoclyd o gwmpas ei hwyneb a'i gwegil. Syllodd ar ei hadlewyrchiad yn y drych, ar amlinelliad y gwefusau a oedd bron â bod yn rhy binc. Diolch i Dduw fod Tecwyn wedi llenwi'r ffurflen gais 'na ac wedi'i dychwelyd hi'n brydlon. Ofnodd ar un adeg ei fod o'n ailfeddwl. Roedd o'n tin-droi o gwmpas y lle, yn pendroni a hel esgusion a'r ffurflen las yn nrôr uchaf y ddesg, yn gorwedd yno'n fygythiol fel bom ar fin ffrwydro . . .

'Ti'n fy siomi i, Tecwyn.' Roedd hi wedi bod yn chwarae hefo'r teclyn rheoli'r teledu, yn troi'r sŵn i lawr cyn edrych arno. Nos Fercher oedd hi. Rhythai Tecwyn ar gymeriadau 'Coronation Street' yn traethu'n fud o'r sgrîn.

'Pam ti'n deud hynny?' Ond fe wyddai'n iawn pam.

'Pam dwi'n deud hynny? Pam?' Unrhyw funud rŵan roedd hi'n mynd i godi'i llais a throi'r cyfan yn ffrae. 'Ti 'rioed yn mynd i adael i gyfle fel hyn lithro trwy dy ddwylo di, nag wyt?'

Cyfle fel hyn. Mwy o gyflog. Ond roedden nhw'n byw yn iawn rŵan, yn doedden? Ond beth am y statws? Roedd hynny'n bwysig. Câi Mererid ddweud wedyn wrth bobl: 'Y gŵr? O, mae o'n Ddirprwy Brifathro yn Ysgol Glannau Alaw rŵan, wyddoch chi . . .' Gwaeddai cynghorion pawb yn ei ben: 'Ti'n blydi ffŵl os na wnei di drio . . .' Edrychodd arni hi a rhoddodd ei stumog dro. Roedd ei llygaid hi'n ei gyhuddo, yn llosgi'n beryglus yn ei phen. Tynhaodd ei gyhyrau'n amddiffynnol wrth i nerf ei stumog ddechrau dawnsio fel pysgodyn ar fach.

'Chdi sy'n iawn, cyw.'

Tynerodd hithau'i hedrychiad.

'Wrth gwrs mai fi sy'n iawn.' Cododd a rhoi'i breichiau amdano. 'Mi fasat ti'n gneud Dirprwy Brifathro ffantastig. Ma' pawb yn deud hynny wrthat ti. A mi fasat ti'n siŵr o ddifaru, sti, tasat ti ddim yn trio am y swydd 'ma.'

'Ti'n meddwl?'

'Dwi'n gwbod.' Meddalodd popeth o'i chwmpas yn sydyn ac roedd hi'n ei atgoffa o Esyllt yn ffalsio pan oedd arni hi eisiau rhywbeth. 'Dwi'n dy nabod di'n rhy dda!'

Ymestynnodd Mererid a rhoi cusan ar ei foch. Gafaelodd ynddi'n sydyn a'i thynnu ato. Roedd arogleuon persawrus yn codi o'i gwallt hi a llusgodd yntau'i ddwylo'n chwantus ar hyd asgwrn ei chefn. Yr eiliad honno byddai wedi bod yn fodlon marw drosti, heb sôn am lenwi ffurflen gais am swydd. Synhwyrodd hithau'r angen ynddo a'i datgysylltu'i hun yn dyner o'i afael.

'Wedyn,' meddai'n chwareus a'i wthio i gyfeiriad y stydi. 'Wedyn. Ar ôl i ti lenwi'r ffurflen.' Roedd yn anodd ganddi guddio'r rhyddhad yn ei llais.

Aeth yntau, ei ben yn ferw o amheuon. Llanwodd y ffurflen yn brennaidd heb drafferthu i'w hailddarllen hyd yn oed. Pam ei boenydio'i hun? Châi o mohoni p'run bynnag. Symudodd wddw lamp y ddesg nes bod ei phen hi'n nadreddu tuag i lawr a boddwyd y ffurflen gais mewn pwll o oleuni tenau.

Rŵan, dim ond am eiliad, wrth iddi syllu i'r drych, daeth cryndod dros Mererid. Ddiwrnodau'n ôl roedd hi wedi bod mor sicr ohoni'i hun ac o'i chynllun. Heddiw roedd yr wyneb a syllai'n ôl arni'n rhy ddeniadol, fel wyneb ar glawr cylchgrawn ffasiwn. Dechreuodd cur o rywle yng nghanol ei phen fel dannedd llygoden fach yn bwyta o gwmpas ei hymennydd — crafu, cnoi, peidio; crafu, cnoi, peidio.

*   *   *   *

Roedd haul cynnar Mawrth yn dechrau ennill ei blwyf. Roedd ambell un yn crwydro'r palmentydd yn llewys ei grys-T a theimlai Mererid fel petae'r gwres melyn yn ceisio'i wthio'i hun ati drwy windsgrin y car bach coch. Lledaenai haenen denau o chwys yn damp o dan ei blows. Llwynog o haul oedd o, yn twyllo'n dyner, yn denu pobl o'u dillad. Newidiodd y goleuadau. Byddai hi yno mewn llai na deng munud ac yn sydyn doedd arni hi ddim eisiau cyrraedd o gwbl. Trodd i lawr i waelod y dref lle'r oedd y lôn yn culhau a throelli ac yna fe'i gwelodd. Roedd yr arwydd yn edrych yn newydd, yn rhy fawr i'r adeilad, yn gweiddi'r geiriau bradwrus: 'Y WINLLAN'. Roedd lluniau grawnwin, yn biws fel cleisiau, yn gwau o gwmpas y llythrennau. Un o'r bistros newydd, ffasiynol 'na oedd o, rheiny oedd yn codi fel madarch mewn strydoedd cul ac a oedd yn wybyddus i'r dethol rai yn unig. Dyna pam yr edrychent yn wag bob amser, meddyliai Mererid. Ond amser cinio oedd hi wedi'r cyfan, pan oedd ysgrifenyddesau bach prysur yn picio allan am eu brechdanau tiwna a'u rholiau caws a thomato. Doedd hi mo'r adeg i giniawa'n glòs mewn cornel dywyll ar fwrdd bach i ddau.

Edrychai'r adeilad yn debycach i dŷ mewn rhes. Doedd o ddim yn sefyll ar ei ben ei hun ond roedd ei wyneb yn wahanol i'r llefydd o boptu iddo, yn hŷn a mwy briwsionllyd rhywsut, fel darn o hen deisen. Teimlai'n od yn cerdded i mewn i dŷ bwyta ar ei phen ei hun. Roedd yna fiwsig Ffrengig isel yn cael ei ollwng yn denau o chwaraewr casét anweledig. Lle bychan bach a doedd yna neb yno. Heblaw amdano fo. Roedd o'n sefyll â'i gefn at y drws, yn pwyso'n erbyn y bar. Gallai hi arogli garlleg. Trodd yntau i'w hwynebu wrth iddi gerdded i mewn. Roedd ganddo siwt ddrud amdano.

'Mererid! Edrach yn fendigedig, fel arfer.' Roedd ei lygaid yn ei llyncu hi'n awchus. 'Yn ddigon da i mi'ch bwyta chi! Fasai hi ddim yn well i ni anghofio am y bwyd, dudwch!'

Roedd hi wedi'i pharatoi'i hun ar gyfer ei sylwadau awgrymog. Un felly oedd o. Bob amser. Hefo pob merch.

Roedd yna bob math o straeon amdano fo. Cofiai ginio 'Dolig y Clwb Criced. Eu cyfarfyddiad cyntaf.

'Wel, helô 'na. Aelodau newydd, ia?'

Hefo gwraig Eric yr oedd hi'n eistedd. Dyna pam roedden nhw yno. Gwesteion Eric. Chwaraeodd Tecwyn erioed griced yn ei fywyd.

'Heb sylwi arnoch chi o'r blaen.' Roedd o wedi dechrau'i dal hi, wedi llacio cwlwm ei dei. Estynnodd ei law. 'Samuel Arfon Jones at eich gwasanaeth!'

Doedd dim angen iddo'i gyflwyno'i hun. Gwyddai pawb pwy oedd Sam Arfon.

'Mererid Eames.' Roedd hi wedi ateb mewn llais bach pell, fel pe bai'n ei daflu o dún.

'Gwraig Tecwyn Eames. Mae Eric a fo'n dysgu hefo'i gilydd.' Gwraig Eric oedd yn siarad. Yn egluro. Yn cyfiawnhau'i bodolaeth hi ymysg rhialtwch yr aelodau-go-iawn. Ac roedd Mererid hithau, yn ei ffrog fach ddu, yn edrych yn ieuengach na'i hoed, yn tynnu sylw Sam Arfon at ei chluniau sidanaidd wrth groesi un goes yn araf ar draws y llall.

Roedd hi'n mwynhau gwylio'i heffaith arno, ac fe wagiodd yntau weddill ei wisgi'n gyflym. Sylwodd hi ar y lwmp aur o fodrwy a wisgai ar fys bach ei law chwith. Roedd y disco wedi dechrau a'r ystafell yn tywyllu'n araf nes bod eu hwynebau'n ddim ond cysgodion.

Roedd o wedi'i llygadu hi bryd hynny fel ag y gwnâi rŵan — yn farus a digywilydd fel dyn ar lwgu. Roedd yna rywbeth cyntefig yn ei lygaid a gyrhaeddai ei pherfedd fel o'r blaen, ond ym mharti'r Clwb Criced roedd yna dywyllwch a diod a chyrff yn cordeddu i fiwsig. Allai hi weithio'i hud arno fo heddiw a'i swyno ddigon iddo fo gefnogi cais Tecwyn am y swydd? Awgrym Sam oedd cyfarfod yn 'Y Winllan'. Hamddenol braf yno, meddai wrthi, yn hanner siarad, hanner sibrwd i lawr y ffôn. Caent lonydd. I drafod. A gwyddai hithau hefyd y byddai llai o beryg i neb eu hadnabod yn y fan honno — roedd 'Y Winllan' yn Aberllinau, rai milltiroedd diogel o Lanfair-glan-Alaw a chyrion tref Castellau.

'Gwyn ta coch?'

'Be'?' Dim ond hanner gwrando arno yr oedd hi. 'O. Rwbath. Coch.'

A hithau wedi bwriadu swnio mor soffistigedig. Roedd hi fel merch ysgol fach swil, ei geiriau'n baglu allan ar draws ei gilydd fel petae hi'n siarad drwy lond ceg o driog. Pan roddodd o'r gwydryn gwin yn ei llaw roedd hi'n falch o gael rhywbeth, unrhyw beth, i'w wneud â'i dwylo.

'Ma'r 'boeuf provençale' yn arbennig yma.'

Syllodd hithau ar y fwydlen wedi'i hysgrifennu mewn sialc ar damaid o fwrdd du. Roedd rhywun wedi camsillafu 'lasagne'. Estynnodd Sam ei chadair iddi. Roedd o'n hen law ar ymddwyn fel gŵr bonheddig.

'Diolch.' Cadair wiail oedd hi. Roedd hi'n pigo'i choesau hi drwy'i sgert. 'Fyddwch chi'n defnyddio'r lle 'ma'n amal?'

Edrychodd arni, ei wefus isaf yn cyrlio'n hanner gwên. Sylweddolodd hithau ei bod hi wedi gwneud i'r lle swnio fel brothal.

'I gyfarfod pobol. Ar fusnes, dwi'n feddwl.' Roedd hi'n mynd yn ddyfnach i'r pot. Nid dyna oedd hi wedi'i feddwl o gwbl. Gwridodd. I lefydd fel hyn yr oedd o'n dod â'i ferched, medden nhw. I fistros tywyll ar amser cinio rhag iddynt orfod chwilio am esgusodion i'w gwŷr i ddianc allan fin nos. A wedyn . . . Wedyn beth? Roedd y syniad yn ei chyffroi'n sydyn. Teimlodd binnau mân yn cerdded ei chorff wrth iddi feddwl am y peth. Roedd ei bronnau'n teimlo'n llawn ac yn drwm, yn rhwbio'n boenus yn erbyn ei dillad.

'Un 'pâte', un 'garlic mushrooms'.'

Merch bryd tywyll oedd yn gweini'r byrddau. Gwyliai Mererid wyneb Sam tra oedd o'n pwyso a mesur yr eneth.

'Ardderchog. Diolch, cariad.' Roedd tôn ei lais yn anwesu'n gynnil. Newidiwyd tâp y casét. Canai llais merch yn isel yn ei gwddf, llais a oedd yn anwesu, fel llais Sam. Ymatebai'r ferch hefo'i llygaid trawiadol a theimlai Mererid fel pe bai hi'n gwylio golygfa mewn ffilm. Bron nad oedd hi'n cenfigennu.

'Mwy o win?'

Sylweddolodd yn sydyn mai hefo hi roedd o'n siarad. Roedd y ferch dywyll wedi gadael caráff o win coch iddyn nhw. Rhoddodd ei llaw dros ei gwydryn.

'Dwi'n dreifio.'

Buont yn hir iawn cyn sôn dim am y swydd. Roedd Sam yn canolbwyntio ar ei bryd bwyd. Doedd gan Mererid mo'r un diddordeb ynddo — doedd hi ddim yn arfer bwyta ganol dydd ac fe bwysai'r hyn yr oedd hi'n ei wneud arni. Ciniawa hefo'r Cynghorydd Sam Arfon — cefnog, dylanwadol. Golygus. Pen-pwysigyn maffia'r Cyngor Sir; aelod uchel ei gloch o gorff llywodraethol Ysgol Glannau Alaw. Merchetwr. Roedd hi'n chwarae hefo tân. Ac yn astudio symudiad ei wefusau. Byddai blas garlleg ar ei gusanu heddiw.

'Mi fasai hi'n braf meddwl y gallai Tecwyn ddibynnu ar eich cefnogaeth chi wrth iddyn nhw ystyried ei gais o.'

Roedd o wedi gadael iddi hi godi'r pwnc. Wedi gwneud iddi chwysu. Rŵan roedd hi'n gwylio'i wyneb o. Sychodd ei geg yn ofalus.

'Ma' gair da iddo fel Pennaeth Adran. Tecwyn yr hogyn cydwybodol.' Teimlai Mererid bod llygaid Sam yn crafu croen ei hwyneb a'i adael yn gignoeth. 'Ond mae o'n lwcus hefyd,' ychwanegodd, 'i gael gwraig mor gefnogol'. Oedodd. Roedd ei wefus isaf yn cyrlio eto a chwiliodd ei hwyneb am ymateb. Gwenodd hithau. Roedd hynny'n haws na dim arall. Aeth Sam ymlaen:

'Mae o'n ymgeisydd cryf.'

Cododd Mererid ei phen yn sydyn.

'Dwi wedi gweld ei gais o. Cryf iawn.'

'Fedar o ddibynnu arnoch chi i'w gefnogi o, felly?' Dawnsiai ei chalon fel glöyn byw yn ei gwddf.

Roedd o'n edrych i fyw ei llygaid hi rŵan ac yn estyn am ei llaw ar draws y bwrdd. Thynnodd hi ddim o'i afael, dim ond dal ei lygaid wrth deimlo gwres ei ben-glin o dan y bwrdd yn pwnio yn erbyn ei chlun.

'Mi wna' i 'ngora glas, Mererid. Ond ma' rhaid i ni weithio hefo'n gilydd, toes? Yn ddistaw bach.' Winciodd arni'n gynllwyngar a gwenodd hithau'n ôl.

Doedd hon ddim yn ddiniwed, meddyliodd Sam Arfon wrth orffwys ei ben-glin yn chwareus yn erbyn ei hun hi. Felly pa wahaniaeth iddo beidio â dweud wrthi rŵan fod enw Tecwyn Eames eisoes ar y rhestr fer ar gyfer swydd Dirprwy Brifathro Ysgol Glannau Alaw? Chwiliodd yr ystafell am yr eneth bryd tywyll. Roedd o wedi cadw'r mymryn lleiaf o le ar gyfer pwdin.

★   ★   ★   ★

Roedd hi'n hwyr yn nôl Esyllt o'r ysgol. Cyrhaeddodd fel yr oedd car y rhiant olaf, yn orlwythog o blant a chŵn a bocsys bwyd bob-lliw, yn tynnu oddi wrth y giât. A dyna lle'r oedd Esyllt yn sefyll wrth y drysau gwydr, yn fach ac yn unig ac yn lliwgar — fel y ddol olaf yn ffenest y siop a phawb wedi gorffen gwario eisoes. Cododd y fechan ei phen wrth adnabod y car a dechrau rhedeg. Daeth Mererid allan ohono.

'Ti'n hwyr, Mami. Fi 'di'r dwaetha.'

'Sori, 'nghariad bach i! Wyt ti'n iawn? Ti'n flin hefo Mami?' Cydiodd yn Esyllt a'i gwasgu ati, y foch fach croen-babi-o-hyd yn lân ac yn feddal yn erbyn ei hwyneb. 'Paid â bod yn flin hefo Mami, cyw.'

Roedd y plentyn yn oedi rhwng pwdu a maddau, ei llygaid yn toddi fel y pyllau hynny o liw mewn bocs paent ar ôl defnyddio brwsh rhy wlyb. Penliniai Mererid o'i blaen ar y palmant caled fel pechadur o flaen offeiriad, yn dyheu am eiriau i'w golchi hi'n lân.

'Dwi wedi gneud hwn. I ti.' Darn o bapur caled wedi'i blygu'n gerdyn a'r geiriau yr oedd Esyllt wedi'u copïo'n slafaidd yn serennu ar draws y top: 'Ar Ddydd Mam'. 'Sbia, Mami. Llun cyw bach. Cyw bach Pasg ydi o.'

I Mam. Cariad Mawr. Gan Esyllt. Ysgrifen pedair oed, a choesau'r llythrennau fel coesau pry copyn, yn annwyl, ddiniwed, ddiffuant. Ystwythodd Mererid a rhoi Esyllt i eistedd yn y car. Syllodd drwy niwl ar lun y cyw bach Pasg. Dyma oedd ei phenyd. Arhosodd y niwl hwnnw ar draws ei llygaid ar hyd y ffordd adref.

3

Roedd hi'n anodd mesur Esmor Huws fel dyn. Fel prifathro roedd meinder di-wên ei wyneb yn gymhwyster y gwnâi ddefnydd beunyddiol ohono. Ofnai'r plant ei lygaid a'i osgo ac roedd hynny'n ei blesio; roedd plant, fel gwragedd, i fod i wybod eu lle. Gresynai dros ddiflaniad y gansen o stafelloedd dosbarth Glannau Alaw — roedd pob creadur byw, waeth pa mor gyfyngedig ei allu ymenyddiol, yn deall poen. Ac yntau'n tynnu am ei hanner cant roedd olion bwcwl belt ei dad yn goch ar ei gof o hyd. Caeodd ddrws y llofft ar Nansi, a mygu sŵn yr igian crio. Roedd yn rhaid i rywun dalu'r pris.

Crensiai teiars 'Mercedes' hufennog Sam Arfon ar gerrig mân y dreif. Roedd yr hen gloc Taid ar waelod y grisiau'n taro naw. Gwenodd Esmor Huws yn dynn. Un prydlon oedd Sam ar bob achlysur.

'Sam, achan! Tyrd i'r tŷ.'

A chamodd Sam i mewn, ias oer noson o Fawrth yn ei ddilyn drwy ddrws y ffrynt.

'Rwbath i dy g'nesu di, Esmor!'

Potel o 'Glenmorangie', a'r fflamau glân, synthetig o'r tân nwy bron â bod cystal â thân glo. Brasgamodd Sam i foethusrwydd yr ystafell gan ddiosg ei gôt a'i lluchio o'r neilltu gyda blerwch un a oedd wedi hen arfer â'i groeso.

'Nansi ddim adra?' Taflodd ei hun yn drwm i'r 'Parker Knoll' gyferbyn â'r lle tân. O gwrteisi yr oedd o'n holi. Fyddai hi byth bron o gwmpas pan alwai ef. Prin ei fod o'n ei hadnabod hi, a dweud y gwir. Dynes bell, oeraidd oedd hi o'i brofiad ef ar yr adegau prin hynny pan welsai hi allan hefo Esmor.

'Yn ei gwely mae hi.' Roedd Esmor â'i gefn ato, yn estyn gwydrau wisgi o waelod y cwpwrdd diod.

'Duw. Dim byd difrifol, gobeithio?' Ymestynnodd Sam ei goesau i gyfeiriad y gwres. Roedd o wedi cael diwrnod wrth ei fodd.

'Nac'di'n Tad. Rhyw hen anhwylder bach, dyna i gyd.'

A'r anhwylder hwnnw erbyn hyn yn dechrau duo'n ddel o gwmpas ei llygad dde.

'Petha merched, wyddost ti.' A chwarddodd y ddau chwerthin isel brawdol y rheiny sy'n gynefin â hulpiau gwraig. Agorwyd y 'Glenmorangie'.

'Pwy ddudist ti oedd gynnon ni hefo ni ar y Panel Cyfweld 'ma?' Gadawodd Sam i'r ddiod losgi'n braf o gwmpas ei dafod. Meddyliodd am dafod Mererid Eames.

'Wel, mi fydd rhaid i Dic Dŵr fod yno a fynta'n gadeirydd y llywodraethwyr, yn bydd?'

'Cadeirydd cachu ydi o hefyd!'

'Paid â chwyno! O leia dydi o ddim yn cega 'run fath â chdi! 'Dan ni'n cael be' 'dan ni'i isio bob tro, tydan?' Rowliodd Esmor y wisgi o gwmpas ei geg, ei feddwl o'n llacio'n braf.

'Mi wyt ti'n cael yr hyn wyt ti'i isio, ti'n feddwl. Dy ysgol di ydi hi. Pwy 'di'r lleill?'

'Dr Elspeth.'

'Fedra i ddim diodda'r blydi dynas 'na! Honno fydd yn bengalad fel arfar, gei di weld.'

'A Rhys Rowlands o'r Swyddfa.'

'Arglwydd, Roli Rech! Mi fyddan ni'n iawn hefo hwnnw!'

Pesychodd Esmor. Roedd o wedi llyncu'n groes. Sychodd y dagrau o'i lygaid a chlirio'i wddf.

'Mi fasa Tecwyn Eames yn werth ei gael.'

Fel ei wraig, meddyliodd Sam.

'Mae o'n hogyn da, Sam. Cydwybodol.'

'Felly ti 'di deud,' meddai Sam. 'Pryd ma'r creaduriaid diawl yn cael gwbod 'u bod nhw ar y rhestr fer?'

'Dwi'n anfon y llythyrau allan 'r wythnos yma.' Cleciodd Esmor ei wydryn gwag i lawr ar y bwrdd bach o'i flaen. Doedd y wisgi wedi tyneru dim ar y llygaid lliw llechen. Gwyrodd ymlaen yn benderfynol: 'Mae arna i isio Eames yn y swydd 'na.'

Roedd Sam Arfon yn mwynhau chwarae gêmau. Yn enwedig hefo pobl. Llanwodd wydr Esmor drachefn ac yna'i gyfarch â'i wydryn ei hun.

'Gofynnwch,' meddai Sam â'i lygaid yn byllau o ddireidi, 'a chwi a gewch!' Ond yn ei brofiad personol ef, wrth gwrs, roedd hi'n dibynnu'n union ar sut y byddai dyn yn gofyn.

*   *   *   *

'Gair bach, Mr Eames.'

Nid gofyn oedd o, ond dweud, yn y ffordd swta, ddi-ildio yna oedd ganddo. Roedd Tecwyn ar ddyletswydd cinio ac am unwaith roedd hi'n awr ginio gymharol ddiffwdan. Diolchodd am ddiwrnod sych. Cawsai gyfle i'w cloi nhw i gyd allan tan y gloch. Hyd yn oed o'r toiledau. Yn enwedig o'r toiledau. Dyheai am baned o goffi. Gallai fod wedi picio i nôl un yn hawdd. Dim ond i fyny'r grisiau. Yn lle hynny dilynodd Huws i'w swyddfa.

'Steddwch, Tecwyn.' Llaciodd Esmor Huws ychydig ar y ffurfioldeb tu mewn i'w bedair wal ei hun.

'Coffi?'

Roedd ganddo beiriant coffi'n gollwng arogleuon gwareiddiad y dosbarth canol i'r ystafell fechan.

'Ia, diolch.'

Syllodd Tecwyn o'i gwmpas, ar far oren y tân trydan yn ychwanegu at y gwres. Ar y carped ar y llawr. Dyna oedd cyrraedd y top. Cael carped.

'Dim ond gadael i chi wybod, Tecwyn, eich bod chi ar y rhestr fer. Mi gewch chi'r llythyr swyddogol fel pawb arall, wrth gwrs, yn eich gwahodd chi i gyfweliad.' Gwichiodd cadair y ddesg wrth iddo'i throelli'n ôl a blaen yn araf.

'Diolch yn fawr.' Llowciodd Tecwyn ei goffi'n nerfus. Doedd hyn ddim yn annisgwyl. Cwrteisi oedd cynnig cyfweliad iddo fo, yr unig ymgeisydd mewnol. Rhy fuan i ddechrau poeni.

'Peidiwch â diolch i mi eto, 'machgen i.' Roedd llygaid llwyd Esmor Huws yn ddifynegiant ac yn glir fel gwydr. 'Mae'r gwaith mwyaf o'ch blaen chi eto, yn tydi?'

Roedd twrw'r plant tu allan, y bloeddiadau a'r parablu di-baid, fel sŵn adar yn trydar yn bell, bell i ffwrdd. Dihangodd yn falch o'r swyddfa fechan a ddechreuasai lapio'i gwres yn rhwymau amdano. Yn sydyn, wrth gymryd ei le yng nghanol y môr o wynebau a lifai heibio iddo ar ganiad y gloch, sylweddolodd Tecwyn fod arno ofn pellhau oddi wrth sicrwydd llwch sialc a phlant. Beth pe cawsai'r swydd? Na. Nefar. Byth bythoedd, amen. Nid y fo, yr hen Decs. Roedd o'n rhy gyffredin i ddod yn un ohonyn Nhw I Lawr Grisia', on'd oedd? Oedd o? Rhywle, yn ddwfn yn ei gylla, dechreuodd rhywbeth gnoi.

Ni allai fynd adref heb weld Eric. Teimlai pe na bai wedi dweud wrtho y byddai wedi torri'r hen reol anysgrifenedig honno a fodolai rhyngddyn nhw. Os mêts, mêts, ys dywedai Eric. 'Hei, Tecs! Glywist ti am y ddau hen fôi 'na'n croesi Bont Borth, a chap un ohonyn nhw'n cael ei chwythu i'r dŵr . . .?' Do, Eric. Mae hi'n hen stori. A thithau'n hen ffrind.

'Ddudis i, do? Y? Ddudis i!'

Doedd y newydd ddim yn sioc i Eric. Fyddai o ddim yn sioc i neb pan ddeuai'r byd i wybod chwaith. Byddai'r peth yn rhesymol, yn gwneud synnwyr i bawb. Cydnabyddid ar led fod 'Tecs yn fôi da'. Crafwr? Posib iawn. Uchelgeisiol? Siŵr iawn ei fod o. Roedd o'n ieuengach na'r arfer ar gyfer swydd Dirprwy ond dyna fo. Roedd o'n hogyn clyfar, yn athro da. Gallai glywed y clecs yn barod, a'r diawlad yn betio ymysg ei gilydd pwy oedd yn debygol o landio'r job.

'Ma' gin inna newydd da hefyd,' meddai Eric.

'O?'

'Dwi'n cael stiwdant!'

'Be'?'

'Stiwdant. ''Myfyrwraig'' i ti! Wsnos nesa. Geith hi gymryd hynny licith hi o 'ngwersi fi, yli. A ga' inna ista'n fama'n cael smôc . . .!'

'Na chei. Chei di ddim, washi! Mond hyn-a-hyn gân nhw'i neud rŵan, sti. Faint ohonyn nhw sy'n dŵad, ta?'

'Tri. Dau fachgen a merch. A fi sy'n ei chael hi! Gobeithio bod gynni hi goesa 'dat 'i thin!'

'Sglyfath!'

Chwarddodd Eric. Disgynnodd rholyn bach o lwch oddi ar flaen ei sigarét.

'Mi fydd Mererid wrth ei bodd pan geith hi dy newyddion di, 'chan.'

Erbyn hyn roedd yr adeilad wedi distewi heb i'r un o'r ddau sylwi; pawb wedi'i g'leuo hi oddi yno a'r ddynes lanhau'n cyhwfan tu allan i'r drws, ei bag polithîn du'n siffrwd yn aflonydd fel pe bai rhywbeth yn ceisio dianc ohono.

'O, chi sy 'na.' Brathodd Magi ei phen tu mewn i'r drws. 'Ga' i ddechra ar fama, caf?'

'Gei di ddechra yn rwla o'm rhan i, Magi bach!' Roedd yna'r mymryn lleiaf o awgrym yn ei lais.

'Sgynnoch chi'ch dau ddim cartrefi i fynd iddyn nhw, 'dwch?' Daeth Magi i mewn, yn llusgo'i thraed fel y llusgai'r bag du. Llygadodd Eric y fflachod am ei thraed blinedig a'r ofarôl binc yn rhychu'n dynn am ei chanol bras. Chwith oedd meddwl.

'Hy! Cartrefi!' meddai Eric. 'Ma' gin hwn yn fama un, ond sgin i neb roith gysur i mi!' Gafaelodd yn chwareus am ganol y wraig a gwneud iddi ollwng y bag. 'Be' amdani, Magi? Redan ni i ffwrdd i rwla, chdi a fi, lle fedar neb gael hyd i ni! Ac mi gawn ni garu drwy'r dydd a thrwy'r nos!'

'Siort ora',' meddai Magi, ac ailgydio yn y bag du.

'Gychwynnan ni fory ar ôl te, ar ôl i mi gael deud wrth Wil 'cw!'

Dim ond y cellwair oedd ganddyn nhw ar ôl. Gollyngodd Eric ei afael yn y cnawd a oedd erbyn heddiw wedi tyfu trwy'i ddwylo. Taniodd smôc arall, a llusgodd Magi yn ei blaen, yn hel gweddillion y diwrnod i grombil y bag.

Tynnodd Tecwyn ei anorac amdano.

'Iawn ta. Gwell i mi'i throi hi.'

Roedd yr awyr tu allan, yn y pellter uwch pennau'r tai, yn hen awyr eira. Yn felynllwyd, geiniogog. Cydiodd yn ei fag ysgol a'i bentwr llyfrau. Roedd Eric yn iawn. Byddai Mererid wrth ei bodd.

*　　*　　*　　*

Daeth y llythyr fore trannoeth. Gwirion, meddyliodd Tecwyn. Gwastraffu stamp.

'Pryd ma'r cyfweliad, ta?' Mererid. Yn cnoi'i thôst a golwg ddedwydd, ddigynnwrf arni. Nid fel y byddai hi'n arfer edrych, rhywsut. Plygodd Tecwyn y llythyr yn ofalus i'r rhigolau llafn-cyllell taclus a roddwyd ynddo eisoes.

'Dydd Iau.'

'Grêt!' Cododd Mererid yn frwdfrydig i sythu ei dei. 'Mi wnei di'i cherdded hi!'

'Sut fedri di fod mor siŵr o hynny?' Ond gwenodd i lawr arni. Roedd ei ffydd amlwg hi ynddo'n ei ysbrydoli. Dechreuodd ryw hanner edrych ymlaen.

'Dwi'n siŵr am fy mod i'n gwbod dy fod di'n uffar o fôi!' Roedd blas coffi ar ei gwefusau.

Pan oedd o ar ei ffordd allan trwy'r drws canodd y ffôn. Eric. Damia. Roedd o'n hwyr yn barod.

'Wnei di ddeud wrthyn nhw na fydda i ddim i mewn heddiw? Dwi 'di cael byg ar 'yn stumog. Ddim hannar da, 'chan!'

'Byg o ddiawl!' meddai Tecwyn. Gwyddai fod gan Eric amserlen erchyll y diwrnod hwnnw. Iddo fo'r oedden Nhw I Lawr Grisia' wedi rhoi dosbarthiadau Moi. 'Ti rêl cachwr, Eric!'

'Gei di ddeud hynna eto!' meddai Eric. 'Dwi 'di byw yn lle chwech ers neithiwr!'

Gallai Tecwyn gredu hynny. Ond credai hefyd mai Dosbarth 5L oedd y byg yng nghylla Eric. Meddyliodd am Karen Delaney a'i gwallt ar draws ei llygaid, yn brolio'n agored ei bod hi'n cymryd y Bilsen ers pan oedd hi'n dair ar ddeg. Roedd honno'n ddigon i godi ofn ar unrhyw ddyn. Ac Aled Dew a Myfsi a Kenny Bach. Cafodd Kenny Bach ei syspendio am bythefnos pan oedd o yn y drydedd flwyddyn am biso i'r bún sbwriel yn stafell Miwriel Maths. Cythral mewn croen.

Tynnodd Tecwyn ddrws y ffrynt yn drwm ar ei ôl a llithrodd ei lyfrau oddi tan ei gesail i'r llawr fesul un ac un. Shit! Meddyliodd am Eric yn ei heglu hi yn ei ôl i'w wely. Meddyliodd am 5L a Myfsi a Kenny. Lluchiodd y llyfrau'n ddiseremoni i gefn y Volvo a thanio'r injan. A meddyliodd wedyn am Moi. Rhuodd y car yn drwm a dibynadwy o dan ei ddwylo. Iesu, roedd hi'n chwith iddyn nhw i gyd tua'r ysgol 'na heb Moi.

4

Roedd stumog Tecwyn yn troi fel corddwr sment. Tarodd drws y ciwbicl yn erbyn y wal gyda chnul toiledaidd, dolefus. Pam yr holl nerfau, beth bynnag? Safodd am ennyd yn gwrando ar dramp y traed ar y coridor tu allan a'r dŵr glân yn rhaeadru i'r badell ar ei ôl. Doedd dim ots ganddo, nag oedd? Ni fu'n berffaith siŵr a oedd arno eisiau'r swydd o'r eiliad y soniodd Moi nad oedd o'n dod yn ei ôl. Ac er gwaethaf ei holl fympwyon hen-ffasiwn byddai'n anodd i neb ddilyn Moi.

O'r cychwyn cyntaf roedd y swydd wedi bod yn afreal i Tecwyn. Rhywbeth i fynd â bryd pobl eraill fu hi o'r dechrau. Pobl eraill yn annog, yn hwrjio. A phobl eraill oedd yn mynd yn ddirprwyon. Rŵan dyma fo, a chanddo gyfweliad ar ôl yr ysgol heddiw am bedwar o'r gloch. Plannodd ei ddwrn yng nghanol ei stumog a'i bwyso yn erbyn y cnoi yn ei berfedd. Callia, Tecs, meddai'n filain wrtho'i hun. Mae yna hogiau brwdfrydig, awyddus yn d'erbyn di. A'r rheiny'n llawer mwy goleuedig na chdi. Ymlacia. Chei di m'oni hi, siŵr Dduw!

*   *   *   *

Chwydodd Dewi Ifans mor sydyn nes roedd fel pe tasai rhywun wedi tynnu plwg o'i geg er mwyn iddo gael arllwys ei berfedd. Gwnaeth y taflu-i-fyny sŵn llepian gwlyb wrth iddo daro'r llawr fel dŵr yn neidio o bwmp. Cododd y pedwerydd dosbarth eu pennau'n ddiolchgar o'u llyfrau.

'Syr, ma' Dewi 'di chwdu!'

'Yy! Afiach!'

'Gwatsia 'mag i, sglyf!'

'Syr! 'Dach chi isio i mi nôl Gruff Mop?'

'Dyna ddigon, bawb ohonoch chi!'

Tawelodd Tecwyn y stŵr â chyfarthiad swta. Roedd rhywbeth mwy peryglus nag arfer yn llais yr hen Eames heddiw a chaeodd Dosbarth Pedwar eu cegau'n glep. Hoeliodd ei lygaid ar fachgen tal, cringoch a deyrnasai yn y rhesi cefn.

'Tomos! Glywis i chi gynna'n cynnig mynd i nôl Mr Gruffydd Gofalwr?'

'Do, Syr. Iawn, Syr.' A chythrodd hwnnw'n swnllyd i'w draed a gwneud sioe iawn o bigo'i ffordd drwy'r llanast ar y llawr rhwng y desgiau o'i flaen.

'Rŵan, pnawn 'ma, Tomos, nid fory. Styriwch! 'Dach chi fel rhyw hen iâr!' Mygodd y dosbarth y chwerthin yn eu gyddfau a throdd Tecwyn at y bachgen a fu'n sâl. 'Elfed, ewch chitha â Dewi 'ma i'r stafell feddygol iddo fo gael golchi'i geg.'

Cododd Elfed fel bwled i hebrwng y claf, a safasai drwy gydol y perfformiad â'i lygaid wedi'u hoelio ar y llawr, ei wyneb yn llwyd fel hen linyn. Rhoddodd stumog Tecwyn dro mewn cydymdeimlad ag ef. Roedd yna lai na deng munud tan y gloch a derfynai wersi'r prynhawn ac ni allai Tecwyn yn ei fyw gael hyd i'r amynedd i gario ymlaen. Ac yna, fel angel o'r nefoedd, ymddangosodd pen Gruff Mop trwy gil y drws.

*   *   *   *

'Mi gefis i uffar o bnawn!'

Rhegodd Tecwyn wrth i'r dŵr berwi o'r boiler-gwneud-paned losgi pennau'i fysedd.

'A dydi hi ddim drosodd i ti eto chwaith, mêt,' meddai Eric yn fwyn. Rhoddodd bwniad anogol iddo wrth wthio heibio, yn hel ei bac i fynd adref. 'Gwna d'orau rŵan, was. A gofala di beidio â gneud bôls ohoni hi — ma' gin i bumpunt arnat ti i ennill!'

Lluchiodd Tecwyn baced sigaréts gwag i gyfeiriad y chwerthin pesychlyd ond roedd Eric eisoes wedi cau drws stafell yr athrawon ar ei ôl. Edrychodd ar ei wats. Chwarter i bedwar. Amser iddo feddwl am fynd i lawr yna. Wedyn edrychodd i'w gwpan. Roedd ei de'n rhy boeth i'w yfed. Llefrith powdwr diawl. Cofiodd am beiriant coffi Esmor Huws a meddyliodd am y llywodraethwyr yn cyrraedd fesul un ac yn cael eu croesawu'n dywysogaidd i'r swyddfa. Ymhen munudau byddai'r iard yn wag o geir athrawon ac fe fyddai yna res o rai dieithr yn eu lle.

Roedd yna gar yn cyrraedd rŵan fel yr edrychai allan a'r gyrrwr yn llywio trwyn y cerbyd mawr lliw hufen i nythu'n ddestlus wrth ymyl 'Peugeot 605' Esmor Huws. Datgelwyd enw'r perchennog yn dalog gan y plât rhif personol cyn iddo fentro'r un o'i draed ar darmac yr iard — SAJ 1. Pôsar, meddyliodd Tecwyn yn sych wrth i'r stêm o'i gwpan ffurfio cwmwl hir, strempiog fel staen chwys ar wydr y ffenest. Roedd yn rhaid iddo gyfaddef wrtho'i hun, fodd bynnag, fod y 'Merc' yn sleifar o beiriant. Y bôi 'na wedi gwneud yn dda iddo'i hun. Rhyfedd, hefyd, fel y mesurid llwyddiant dyn yn ôl lwmp o fetel paentiedig.

'Mr Eames! Fan'na 'dach chi?'

'Edrach yn bur debyg, tydi, Elin?'

'Ma'r lleill 'di cyrraedd i gyd. 'Dach chi am ddŵad i lawr, ta be'?'

Ta be', meddyliodd Tecwyn, a gwenu arni'n gam. Un o raddau 'C' ei orffennol ydoedd Elin a hynny'n bleser annisgwyl i'r ddau ohonynt ar ddiwrnod y canlyniadau. Roedd hi'n chwithig gan Tecwyn fod un o'i gynddisgyblion erbyn hyn yn un o'r ysgrifenyddesau yn Ysgol Glannau Alaw. Ni allai yn ei fyw beidio â meddwl amdani fel plentyn ysgol o hyd. Doedd hi ddim yn teimlo'n iawn rhywsut ei bod hithau rŵan yn clowcian yn famol o'i gwmpas ac yntau'n ei dilyn yn ufudd fel oen i'r lladdfa.

Gwrandawodd Tecwyn ar ei lais ei hun yn argyhoeddi'r panel cyfweld pa mor bwysig oedd sicrhau'r addysg orau posib i bob disgybl yn yr ysgol. Roedd styllennod gwyn o olau dydd yn picellu drwy'r bylchau yn y bleinds ac yn gorwedd yn hir ar draws yr ystafell. Y dydd yn ymestyn.

'Mae gennych chi weledigaeth gadarn, Mr Eames.' Roedd gwefusau Dr Elspeth Miles yn teneuo fwyfwy wrth iddi fentro gwên. Mae gynnoch chitha wynab 'fath â siswrn hefyd, meddyliodd Tecwyn. Roedd ei geseiliau'n diferu.

'Wel, diolch o galon, Mr Eames.' Gwthiodd Esmor Huws ei gadair yn ei hôl. 'Dwi'n siŵr 'mod i'n siarad ar ran y panel i gyd wrth ddweud eich bod wedi rhoi bwrlwm o gyfweliad, fel petae!' Safodd ar ei draed, a'i ysgwyddau'n hollol sgwâr fel pe bai'r hangar yn dal i fod yng nghôt ei siwt.

'Do yn wir! Do yn wir!' porthodd Dic Dŵr yn bwyllog. Roedd y blynyddoedd o wasanaeth a roddasai Richard

Preis fel arolygydd hefo'r Bwrdd Dŵr wedi hen ddiffodd unrhyw wreichionen o gythraul a fu ynddo erioed. Amneidiodd yn wasaidd ar Esmor Huws. Tatw'n popty fyddai gan Martha iddo bob nos Iau. Tua deng munud cyn iddyn nhw fwyta byddai hi'n tynnu'r caead er mwyn cael crasiad ar y tatws. Anadlodd yn drwm trwy'i drwyn. Yn ei feddwl gallai sawru'r nionod.

Ysgydwodd Tecwyn law â phob un ohonyn nhw am yr eildro. Esmor, Dr Elspeth, Dic Dŵr. A Rhys Rowlands o'r Swyddfa wrth gwrs. Sam Arfon oedd yr olaf i godi ar ei draed. Disgwyliasai Tecwyn fwy o holi a stilio gan hwnnw ond er syndod iddo bu'r Cynghorydd yn gymharol ddistaw heb ddangos dim o'i drahauster arferol. Nid bod Tecwyn wedi bwriadu cymryd agwedd yr un ohonyn nhw'n boen. Wedi iddo weld wynebau lludw'r ddau ymgeisydd arall ffrydiodd rhywbeth tebyg i hyder trwyddo er ei waethaf. Parablodd trwy'r cyfan a rhyw ddifaterwch pengaled yn ei feddiannu. O ganlyniad, ac o'r braidd yn ddiarbwybod iddo ef ei hun, rhoddodd Tecwyn gyfweliad ysgubol.

'Doedd dim rhaid i ti boeni, Esmor.' Gwasgodd Sam ei ddannedd am fonyn ei sigâr. 'Mi werthodd yr hogyn ei hun iddyn nhw.'

'Mi roddodd o chwip o gyfweliad, rhaid i mi gyfadda,' meddai Esmor, 'a diolch am hynny. Dwi wedi gweld rhyw hen nerfusrwydd yn perthyn iddo fo ar brydiau.'

'Mi oedd o'n edrych yn eitha sicr ohono'i hun heddiw.'

'Roedd gen i ofn Dr Elspeth ar un adeg. Ond cytuno ar Tecwyn yn reit ddi-lol ddaru hi hefyd.'

'Wel, ia, siŵr Dduw!' Cyrliodd Sam ei wefus isaf. 'Mi

oedd hi'n byta o'i law o erbyn y diwedd. Ffansïo fo oedd hi, sti!'

Mentrodd Esmor ganiatáu i'w wên gyffwrdd â'i lygaid.

'Diolch i ti am dy gefnogaeth, Sam.'

Gwyrodd Sam yn ei flaen a chrensian stwbyn ei sigâr i'r soser lwch.

'Mi fydd hyn yn gadael bwlch yn yr adran rŵan, Esmor. Pennaeth Adran yn mynd yn Ddirprwy. Be' wnei di? Chwilio tu allan?'

Crychodd Esmor ei drwyn.

'Rhaid i mi hysbysebu, yn bydd? Ond wela i fawr o broblem a Jac Bach yn Ail yn yr Adran, ar dân isio mynd yn ei flaen. Rhyw ail-wamp bach fydd ei angen, dyna i gyd.'

'Ond mi fyddi di angen athro arall sut bynnag fydd hi?' Rhyw hanner holi, hanner datgan wnaeth Sam.

'Siŵr o fod.' Roedd Esmor yn gwylio gwefus isaf Sam. 'Pam? Sgin ti hanes rhywun?'

'Oes,' meddai Sam. 'Eira, hogan 'yn chwaer.'

Pan adawodd y ddau'r adeilad llonydd o'r diwedd roedd hi'n dywyll. Doedd dim sŵn wrth iddynt groesi trwy'r cyntedd heblaw am glindarddach Gruff y gofalwr â'i bwced mop. A doedd dim ond dau gar ar ôl ar yr iard ffrynt, yn sefyll yn ddistaw, glun wrth glun, a'r golau trydan a lifai allan drostynt trwy'r drysau gwydr mawr yn peri iddynt wincio fel dau bisyn swllt.

5

Roedd golwg arbennig o dda ar Moi. Synnodd Tecwyn; roedd y darlun ohono yn ei wely yn yr ysbyty yn dal mor fyw yn ei feddwl.

'Mi wyddwn i, rywsut, y basat ti'n galw,' meddai Moi.

'Roedd yn rhaid i mi ddŵad.'

'Ti ddim 'di bod adra eto?'

'Naddo; ar fy ffordd ydw i.'

'Dydi Mererid ddim yn gwbod felly?'

'Nac'di.'

'Mi fydd hi wrth ei bodd, hogyn!'

'Bydd.'

'Dwyt ti ddim yn edrach fel tasat ti wedi cyffroi rhyw lawar arnat ti dy hun, chwaith.'

Roedd Moi wedi codi'i draed ar stôl. Gwisgai slipars sgwarog brown ac roedd o'n chwarae'i fodiau'n aflonydd ynddynt. Roedd yna rywbeth yn annelwig yn atebion unsillafog Tecwyn. Gwenodd hwnnw'n gam.

'Dydi'r peth ddim wedi 'nharo fi eto.'

'Nac'di, mwn. Rwbath graddol fydd o. Peth felly ydi sylweddoli,' meddai Moi a chodi'i lygaid yn sydyn o gyfeiriad ei slipars, llygaid a gyffyrddwyd am ennyd gan fflach o'r hen angerdd. 'Loti, gwna banad i'r hogyn!'

'Na, wir. Doeddwn i ddim wedi bwriadu aros. Dim ond galw i ddeud y newydd wnes i,' meddai Tecwyn.

Roedd ôl llafur Loti'n dawnsio oddi ar y canwyllbrennau pres o boptu'r grât.

'Ydach chi'n siŵr, Tecwyn bach?' meddai hithau wedyn.

Winciodd Moi ar ei wraig.

'Hitia befo am ryw hen de, ta. Cymra ddiferyn o rwbath cryfach hefo fi. I ddathlu. Nid bob dydd yr wyt ti'n cael dy ddyrchafu'n Ddirprwy Brifathro, naci? A beth bynnag, ma' rhyw ddropyn bach o wisgi'n dd'ioni i mi bob hyn-a-hyn. Doctor 'di deud, do, Loti?'

Wnaeth Loti ddim dadlau, dim ond nôl y botel.

' 'Dach chi'n cael tendans go lew, ma' hynny'n amlwg,' meddai Tecwyn.

'Ma' hi'n cadw llygad barcud arna i,' meddai Moi. 'Ofn i mi neud rhwbath gwirion!' Ond roedd yntau'n fodlon i eistedd yn ei gadair freichiau hefyd, rhyw hen, hen ddoethineb wedi llonyddu'i lygaid o.

'Moi, ma' gin i ofn.'

Dyna fo. Wedi'i ddweud. Wedi'i gyfaddef. Wrth un a wyddai cystal â neb beth oedd ystyr ofn. Daeth Loti yn ei hôl hefo gwydrau, a'i hesgusodi'i hun i'r gegin. Roedd aroglau bwyd wedi'i dilyn hi drwy'r drws agored, aroglau cynnes, cartrefol a maeth cig eidion a nionod yn glynu wrtho. Meddyliodd Tecwyn am dŷ'i fam. Byddai'n rhaid torri'r newydd iddi hithau cyn diwedd y noson. Llowciodd ei wisgi'n rhy gyflym ac roedd hynny ac aroglau coginio Loti'n ei atgoffa nad oedd o wedi bwyta fawr ddim drwy'r dydd.

'Does dim isio i ti boeni am y gwaith,' meddai Moi. 'Rwyt ti'n fwy cymwys na fi. I fyny â'r petha newydd 'ma i gyd. Mi fyddi di fel awyr iach ar ôl rhyw hen groc 'fath â fi, achan!'

Roedd Moi'n wynebu'r gwir, meddai fo. Yr oes wedi newid. Pobl fel Tecwyn oedd deunydd dirprwyon a phrifathrawon y dyfodol, meddai wedyn. Ystadegau a ffurflenni a chyfrifiaduron oedd piau hi rŵan. Wrth wrando ar Moi'n siarad, teimlai Tecwyn hiraeth amdano, er ei fod o'n eistedd mewn cadair freichiau cwta lathen oddi wrtho. Teimlai'n benysgafn hefyd a daeth hynny ag ef at ei goed. Cofiodd fod rhaid iddo ddreifio adref. Cododd.

'Ma' hi wedi bod yn ddwrnod a hannar, Moi! Gwell i mi'i throi hi.'

'Cofia 'mod i yma — os byddi di isio rhwbath.'

Sylwodd Tecwyn am y tro cyntaf gymaint yr oedd gwallt Moi wedi britho, a pha mor dwyllodrus oedd golau trydan. Roedd llinellau'i wyneb o'n llwyd hefyd, heb eu diffinio'n iawn — fel llun brysiog mewn pensil ar bapur rhad a gormod o olau haul wedi gwanio'r cyfan. Cofia 'mod i yma. Roedd yna rywbeth yn edrychiad y dyn mawr yn y gadair freichiau pan ddywedodd hynny. Caredigrwydd, ie — roedd Moi eisoes wedi profi trwy air a gweithred bod ganddo feddwl o Tecwyn. Ond roedd rhywbeth arall. Rhyw dinc heriol, gwrthryfelgar bron yn ei lais. Her wedi'i thaflu i ddannedd y gweddill ohonyn nhw — cofiwch chitha 'mod i yma hefyd, camp i chi. Doedd ei amgylchiadau ddim wedi amddifadu Moi o'r urddas cynhenid hwnnw a oedd yn rhan mor hanfodol ohono.

'Diolch, Moi.'

'A Tecs?' Roedd Tecwyn eisoes wedi cyrraedd y drws.

'Ia?'

'Dwi'n falch uffernol mai chdi cafodd hi, cofia!'

Gwyddai Tecwyn pa mor ddiffuant ydoedd. Wrth gamu allan i awyr y nos roedd ei deimladau yn un gybolfa flêr yn ei ben. Anadlodd yn drwm wrth i'r niwlen o law mân a oedd wedi dod i orwedd dros bopeth anwesu'i wyneb yn dyner fel bysedd merch. Doedd o ddim wedi bwriadu aros mor hir. Byddai Mererid ar bigau'r drain. Cynhesodd ei du mewn yn sydyn wrth feddwl am y boddhad ar ei hwyneb pan ddywedai'r newydd wrthi.

*　　*　　*　　*

'Ti'n hwyr!'

Dyna'i geiriau cyntaf wrtho pan gerddodd i mewn. Nid 'Sut aeth hi?' neu 'Gefaist ti hi?' neu 'Wyt ti'n iawn?' Fe'i taflwyd oddi ar ei echel braidd gan ei hoerni cyhuddgar. Gyda dau air roedd hi wedi tynnu'r plŵg ar ei frwdfrydedd a theimlodd yntau bob diferyn o emosiwn yn cael ei ollwng ohono. Er ei mwyn hi yr aeth i'r cyfweliad heddiw. Ac roedd o wedi dod â'i lwyddiant iddi hi heno er mwyn gweld y balchder yn ei llygaid. Gwyddai Mererid yn burion sut i ymddwyn fel hen ast fach, ac roedd yntau wedi arfer â'i hyrddiau, wedi dod i fwynhau'r gafael yr oedd ganddi arno hyd yn oed, er mwyn iddo gael ildio iddi a'i phlesio a'i hadennill. Ond nid heno. Doedd ganddo mo'r nerth i'w werthu'i hun i neb arall y diwrnod hwnnw, ddim hyd yn oed i'w wraig ei hun. Syllodd ar ei hwyneb hi, yn galed yn ei berffeithrwydd.

'Cyfweliadau'n cymryd amser, tydyn?' Lluchiodd ei fag

ysgol yn biwis i'r llawr. Roedd ei stumog yn chwyrnu o eisiau bwyd. 'Ti ddim am ofyn sut aeth petha, ta?' Bitsh, meddyliodd. Pam fod rhaid i ti ddewis heno i fod fel hyn?

'Dwi'n gwbod sut aeth petha!' meddai hi. Camodd yn nes ato a dod â'i hwyneb i'w wyneb yntau. 'A dwi'n gwbod bod y cyfweliadau drosodd ers meitin hefyd.'

Loti, meddyliodd Tecwyn. Mae'n rhaid bod Loti wedi ffonio i ddweud ei fod o ar ei ffordd.

'Ti 'di bod yn hel diod,' meddai Mererid. Cyhuddgar, caled, ei llygaid fel cnapiau glo.

'Stopio efo Moi ar y ffordd wnes i . . .'

'Efo Moi? Efo Moi?'

Roedd hi fel record wedi sticio.

'A be' amdana i? Y? Be' amdana i? Be' sy wnelo Moi â dim byd rŵan? Be' 'di'r ots am hwnnw? Fi 'di dy wraig di, Tecwyn!'

Gwichiodd y gair 'gwraig' er mwyn gwneud iddo wingo. Doedd o ddim wedi disgwyl miri fel hyn. Roedd arno angen cysur, angen ymlacio, angen ei ganmol ganddi.

'Pwy ddudodd wrthat ti, ta?' Ei newyddion ef. Pwy allai fod wedi meiddio dwyn oddi arno yr hawl i ddweud wrthi'n gyntaf? Rhywsut ni allai ddychmygu Loti'n gwneud peth felly chwaith.

'Un o'r cynghorwyr ddaru ffonio. I dy longyfarch di. Mi oedd o'n meddwl y basat ti wedi cyrraedd adra' erbyn hynny. Ond doeddat ti ddim, nag oeddat?'

Fedar hi ddim maddau, meddyliodd Tecwyn, ddim nes bydd hi wedi ennill. Damia hi. Roedd hi'n drawiadol yn ei dicter, y mellt yn ei llygaid bron â'i yrru ar ei liniau. Roedd arno'i heisiau hi, ac eisiau'i thagu hi'r un pryd.

Llyncodd yn galed. Roedd ei dafod yn sych a llonydd yn ei geg, fel gwadn hen esgid.

'Mererid, Mer, paid â bod fel hyn, cyw. Plîs! Dwi isio i ti fod yn falch. I ti y gwnes i o. I ti!'

Edrychodd hi arno'n siarp. Ni allai ond dyfalu'r hyn a âi trwy'i meddwl hi. Swniai ei lais yn lliprynnaidd, wasaidd yn ei glustiau ef ei hun ond roedd ei eiriau olaf wedi llacio rhywbeth yn ei hwyneb. Gwenodd rhyw gysgod o wên arno fel petae hi'n gwenu ar ddieithryn.

'Sori,' meddai. 'Gwylltio wnes i. Mi ddylat fod wedi dŵad adra'n syth. Finna'n dy ddisgwl di.' Roedd hi'n dal i'w geryddu ond o leiaf rŵan roedd ei llais yn dynerach, ddistawach. 'Ma' dy swpar di yn y popty'n cadw'n gynnes. Dwi 'di byta hefo Esyllt.'

Aeth ati i godi platiad o fwyd. Sylwodd Tecwyn bod ei dwylo'n crynu'r mymryn lleiaf.

'Cymra lasiad o rwbath hefo fi, ta. I ddathlu. Ma' na botelaid o win . . .'

'Na,' meddai. 'Dwi'n mynd i fyny. Ma' hi wedi mynd yn hwyr . . .'

Gorffennodd ei fwyd yn nistawrwydd y gegin. Roedd y ffrae wedi pylu ei archwaeth ond daliodd ati i gnoi'n beiriannol nes bod y plât yn wag. Thrafferthodd o ddim hefo gwin. Yn lle hynny aeth i'r botel wisgi. Gweddai hwnnw'n well i yfwr unig. Gwin y gwan, meddyliodd, a gwenu'n sarrug wrtho'i hun. Ffisig Moi, a'i gysur yntau. Eli at bob clwy. Cyn mynd i fyny i'w wely gorffennodd y botel, gan ei gysuro'i hun nad oedd hi'n ddim ond hanner llawn p'run bynnag.

Roedd Mererid yn llonydd o dan ddillad y gwely. Yn rhy lonydd, a'i hanadlu'n rhy ddistaw. Gwyddai mai ffugio cwsg yr oedd hi. Fel arfer fe adawsai lonydd iddi. Ond nid rŵan. Erbyn hyn roedd y ddiod wedi codi i'w ben a gwneud i'w gyhyrau gosi'n ysgafn.

'Hei! Tyrd yma! Dwi'n gwbod mai cogio cysgu'r wyt ti!'

'Sshh!' meddai Mererid, yn symud o'i pharlys mor sydyn â phe bai hi wedi cael ei saethu. 'Bydd ddistaw! Mi wnei di ddeffro Esyllt!'

'Sori, sori!' meddai'n ffug-ymddiheurol. Roedd o'n hanner sibrwd, hanner mwmian, yn crafangu amdani dan blygion y gynfas. 'Dim ond dy ddeffro di'r oeddwn i am ei wneud!'

'Ti 'di meddwi,' meddai hi.

'Dim ond diferyn bach . . . bach . . . bach . . .' Roedd ei dafod o wedi chwyddo'n floesg yn ei geg.

'Ych a fi!'

'Ti'n ffrindiau hefo fi rŵan, wyt? Y? Ti 'di madda i mi rŵan, do? Wyt ti? Plîs deud dy fod di . . .' Roedd o'n cellwair ac yn crefu'r un pryd, ac roedd teimlo'i chorff hi'n feddal o dan ei ddwylo'n rhoi hyder iddo.

'Pwy ffoniodd felly?' meddai.

'Be'?'

'Gan bwy gest ti wybod? Pwy dorrodd 'y mhen i? Y Dic Dŵr wirion 'na, ia?'

Brathodd ei chlust hi'n chwareus ond doedd hi ddim yn ymateb.

'Naci; y llall.'

Doedd Tecwyn ddim fel petae'n ymwybodol o'r tyndra yng nghyhyrau Mererid.

'Sam Arfon oedd o felly?'

Llithrodd ei fysedd o dan ei choban hi. Roedd gwres ei chroen hi'n gwneud i groen ei law ef deimlo'n oerach.

'Ia,' meddai Mererid.

'Mi oedd o'n gefnogol iawn yn y cyfweliad, hefyd, chwarae teg . . . Ti 'di maddau, yn do, Mer? Ti'n ffrindia hefo fi rŵan . . .?'

Roedd ei harogl melys, cynnes hi'n llenwi'i ffroenau o, ei geiriau hi'n llenwi'i ben o. Ti'n hwyr! Be' amdana i? Fi 'di dy wraig di . . . Gwthiodd ei choban i fyny'n flêr, yn canolbwyntio'n wyllt ar ei frys a'i angen ei hun, holl rwystredigaethau'i ddiwrnod cythryblus yn ei annog ymlaen, ymlaen, ymlaen . . .

Gorweddodd yn ôl. Roedd o fel hen gadach llestri wedi'i wasgu'n sych. Roedd o'n wag, ysgafn, flinedig . . . Cysgodd bron yn syth heb ymlacio dim. Cwsg digyffro un a fu'n llafurio ydoedd. Gorweddai Mererid wrth ei ochr â'i chorff fel pren. Teimlai fel petai rhyw hen, hen ddolur wedi agor yn ddwfn yn ei pherfedd a'r drwg yn diferu'n araf ohono. Dolur na chafodd erioed lonydd i gau'n iawn. Roedd y tywyllwch yn greulon, yn troi popeth o'i chwmpas yn rhith. Wrth orwedd yno a'r cwsg yn gwrthod esmwytho dim arni, disgynnodd y darlun yn ôl i'w chof yn dameidiog fel darnau jig-sô . . .

Ystafell wely fechan a'r to'n isel. Ystafell na fyddai byth yn tywyllu'n llwyr oherwydd bod lampau'r stryd bob amser yn llosgi'n felyn trwy'r cyrtans tenau.

'Dwi'n oer, Meri.'

Llinynnau'i chorff hi'n tynhau. Gwasgu pennau'i bysedd i feddalwch y tedi bêr. Dal ei hanadl yn fud yn ei gwddf er mwyn iddi farw. Ond fyddai hynny byth yn digwydd.

'Dwi'n oer, Meri. Wyt ti'n oer hefyd? Cynhesa fi, Meri fach!'

Eto fyth. Y cwrw'n gynnes ar ei wynt o.

'Pwsi Meri Mew, lle collaist ti dy flew?'

Doedd o ddim yn brifo fel o'r blaen, fel y tro cyntaf, ddim ac yntau wedi'i gwneud hi'n fwy . . . Trwm, mor drwm, yn pwyso, pwyso. Dos yn d'ôl i wely Mam a marwa yn dy gwsg. Mi orffennith hyn yn y munud, wneith o ddim para am byth . . .

Ond byddai'r cryndod wedyn yng ngwacter yr ystafell yn para am hydoedd. Yn llonydd fel carreg ac yn crynu'r un pryd, ofn codi i edrych rhag bod gwaed yn y gwlybaniaeth eto . . .

Pan wawriodd golau dydd yn wan yn erbyn y llenni roedd llygaid Mererid Eames yn drwm — llygaid gwaedlyd un a fu'n cyfri cysgodion oedden nhw.

6

Roedd gwylio Mererid yn gwisgo amdani'n rhoi bron cymaint o bleser i Sam ag yr oedd ei gwylio hi'n dadwisgo. Bron nad oedd y ddwy weithred yn gelfyddyd ganddi — bysedd hir synhwyrus yn anwesu darnau o sidan a les. Edrychai arni rŵan yn mowldio'i hosan i'w choes, yn ei bryfocio gan gymryd arni na wyddai sut effaith yr oedd hi'n ei gael arno. Llithrodd ei goesau'i hun yn gyndyn o gwlwm y gynfas ac estyn am ei drowsus. Llifai sŵn traffig a phrysurdeb y stryd islaw i mewn trwy'r ffenest agored.

'Mae arna i ofn y bydd rhaid i'r trefniant bach yma ddŵad i ben un bur fuan, wyddost ti,' meddai wrthi.

Roedd o'n gwylio'i hwyneb yn ofalus, ei wefus yn cyrlio'n ddireidus. Chafodd o mo'i siomi. Er mor soffistigedig ei hosgo allanol roedd llygaid Mererid yn ei bradychu; bellach roedd Sam Arfon fel cyffur iddi ac roedd meddwl am roi'r gorau iddo'n gryndod yn ei pherfedd.

' 'Ni' wyt ti'n feddwl? Rhoi'r gorau i 'ni'?' Roedd hi'n sibrwd, yn edrych i lawr, yn brwydro i fod yn hunan-feddiannol.

Cywilyddiodd Sam yn sydyn wrtho'i hun am ei phoenydio ond doedd ganddo mo'r help. Wrth chwarae'r gêmau bach yma â hi roedd o'n cael cadarnhad o'i afael ar ei theimladau hi. Cydiodd ynddi a syllu i lawr i'r llygaid mawr lliw cwrw, y llygaid a gafodd Esyllt. Roedden nhw'n nofio yn ei phen hi wrth iddo edrych arni. Doedd hi'n ddim byd, meddyliodd Sam, ond hoeden fach hunanol. Yn fronnau, gwefusau, gwallt. Ond Iesu, mi oedd hi'n beth handi. Ac wedi mopio'i phen yn gynt na'r un o'r lleill. Câi hwyl am sbel go lew hefo hon.

'Rhoi'r gorau i'r lle 'ma ôn i'n 'i feddwl,' meddai a chusanu'i gwallt hi. 'Mi fydd rhaid i ni gyfarfod yn rhywle arall ar ôl yr wythnos nesa. Dwi wedi gosod y tŷ.'

Caeodd Mererid ei llygaid rhag dangos pa mor amlwg oedd ei rhyddhad. Sawrodd aroglau'i groen drwy gotwm ei grys, yn gymysg â'r persawr siafio hynod hwnnw a wisgai bob amser. Roedd Sam Arfon yn ei wely a Sam Arfon ym mhwyllgorau'r Cyngor Sir yn ymddwyn yn yr un ffordd yn union: mynnu, meistroli, meddiannu. Gwyddai ei feddwl, boddiai ei bleser ac roedd ei gryfder yn cynhyrfu Mererid. Roedd dychwelyd i wely Tecwyn yn mynd yn anos bob tro. Erbyn hyn roedd caru ymddiheurol, clogyrnaidd ei gŵr yn mynd ar ei nerfau ac roedd hi fel petai pob ymdrech lafurus ar ei ran yn llygru'r hyn a wnaethai hi hefo Sam.

Doedd hi ddim wedi bwriadu colli rheolaeth ar ei theimladau. Defnyddio Sam Arfon oedd ei chynllun hi, ei swyno a'i daflu o'r neilltu ar ôl iddi hi sicrhau'i gefnogaeth i Tecwyn. Wedi'r cyfan roedd Sam yn defnyddio pobl bob dydd. Beth allai fod yn haws? Fethodd hi erioed o'r blaen, naddo?

Fe safai rŵan â'i gefn ati. Roedd o'n gwylio'r mynd a dod ar y pafin islaw trwy we'r cyrtan. Ystafell fechan oedd hi, llofft ffrynt mewn tŷ teras yn edrych allan ar lwydni'r stryd, yn atgoffa Mererid o'r cartref tlawd y dihangodd hithau ohono cyn priodi Tecwyn. Yn uchel uwch ben y ffenest roedd yna gwmwl bach o damprwydd, ei ymylon yn fratiog, frown fel man geni'n brychu croen y paent. Roedd hi'n sefyllfa anghymarus rywsut, meddyliodd Mererid — y ffaith fod Sam Arfon yn gallu'i gwneud hi cystal drwy brynu a gosod rhyw dyllau o lefydd fel hyn. Teimlai'n ddig wrth geisio gwthio'r atgof i gefn ei meddwl o gael ei dwyn i fyny'i hun mewn lle cyffelyb a diolchodd yn ddistaw bach fod yna griw o fyfyrwyr yn symud i mewn i'r tŷ ymhen yr wythnos. Doedd hi erioed wedi teimlo'n gyfforddus yn cyfarfod yma. Gwnâi'r grisiau cul a'r papur wal siabi iddi deimlo'n euog ac yn hwrllyd ac roedd ei thwyll hi a Sam — oherwydd y gwacter llychlyd — yn ymddangos yn waeth iddi.

Roedd o wrth y ffenest isel o hyd, yn smocio. Nid ei sigâr arferol. Bodlonai heddiw ar sigarét. Cydiai ynddi rhwng ei fawd a'i fynegfys, a'i law'n grafanc gron yn cwpanu'r tân; perthynai rhyw wrywiaeth dosbarth-gweithiol i'r ystum, rhyw feiddgarwch cyntefig a fradychai'r dyn o dan doriad y dillad.

'Barod?'

Trodd i edrych i'w chyfeiriad o'r diwedd. Roedd eu hamseru'n glinigol brydlon. Gwnâi Sam yn siŵr o hynny. Teimlai Mererid fod y cyfan drosodd yn rhy fuan, ei bod hi'n ffitio'n gyfleus i amserlen Sam Arfon, yn cystadlu'n erbyn bysedd y cloc.

'Iawn, ta. Ydi popeth gen ti?'

Ei lais yn gyflym a phrysur, ei lygaid yn gwibio i gyfeiriad ei wats, ac yna'n llyncu'r ystafell ag un edrychiad sydyn. Dim olion, dim tystiolaeth. Chwarter i dri a phopeth yn dda. Yr un fyddai'r drefn bob tro — Mererid yn gadael yn gyntaf, trwy'r cefn ac i'r entri lle roedd y biniau sbwriel a'r aroglau sur lle bu'r cathod. Dyna'r ffordd orau, meddai Sam. Doedd o ddim yn lecio meddwl amdani wrth gwrs, y hi Mererid, ei dduwies bryd-tywyll, yn llechu yng nghefnau'r tai. Yn enwedig ac yntau'n dal i flasu'i chusan olaf. Ond pa ddewis oedd ganddyn nhw, yntê? Petae rhywun yn eu gweld hefo'i gilydd . . . wel . . .

Siŵr iawn. Roedd hi'n deall, yn doedd hi? Yn cytuno bod popeth yn well fel hyn. Rhag ofn. Ac roedd hi'n benderfynol o gadw'r rheolau. Fel arall ni fyddai dim hwyl yn y gêm, na fyddai? Ymhen hir a hwyr deuai Sam allan trwy ddrws y ffrynt, y landlord gofalus wedi bod yn bwrw golwg dros ei eiddo a neb yn meddwl dim o'r peth.

★   ★   ★   ★

Roedd y palmant yn oer trwy sandalau Mererid er ei bod hi'n fis Mehefin. O'i chwmpas roedd yna symud a sŵn, aroglau siopau a dwndwr stryd fawr. Roedd hyd yn oed yr haul a lithrai oddi ar ffenestri'r adeiladau a'r ceir yn ymddangos yn fudr, yn disgyn yn byllau o felyn pŷg i'r ddaear goncrit.

Erbyn hyn roedd hi'n hen law arni, ar doddi'n esmwyth i normalwydd y stryd fel pe na bai hi erioed wedi clywed sôn am Nymbar Wan, 'Bay View Terrace', heb sôn am deimlo'r fatres denau'n galed o dan ei noethni. A'r caru newydd, peryglus hwnnw'n chwyddo'n swnllyd yn nieithrwch moel y llofft honno nad oedd hi'n perthyn go iawn i neb na dim. Ond roedd y nenfwd isel a'r ffenest fach gul a'r dwrn wedi'i osod yn uchel yn y drws yn

·perthyn i rywbeth ynddi hi, Mererid, yn eco cythryblus o waelod ei bod. Cryndod ac ymbil, a'r corff trwm yn ei gwasgu i'r gwely. Gwna le, Meri fach, dwi'n oer . . .

Glynai'r tocyn parcio'n ddidrugaredd wrth windsgrin y car o hyd, yn tystio'n wywedig i'r ddwyawr a dreuliasai hefo Sam. Roedd hi'n dechrau byw i'r oriau yma. Treuliai ei hamser fel gafr ar d'ranau yn disgwyl am y tro nesaf, yn colli mymryn mwy o reolaeth ar ei synhwyrau o hyd a hynny mor raddol ac araf fel nad oedd hi wedi sylweddoli faint o afael oedd gan Sam Arfon arni. Roedd hi'n gaeth i'r dyn, yn ddibynnol ar bob 'ffics' o'i gwmni a'i garu. Llenwai'r oriau twyllodrus y gwacter tu mewn iddi. Golygai rywbeth mwy na dim ond y rhyw llwglyd, noeth. Ac eto roedd y syniad ei bod hi mewn cariad hefo Sam Arfon yn chwerthinllyd, yn perthyn i naïfrwydd nofel rad. Merched ysgol oedd yn mopio'u pennau ac yn ail-fyw rhamant dwy-a-dimai tudalennau 'Mills & Boon' — merched bach yn codi'n dair ar ddeg a ddechreuai fwrw'u prentisiaeth trwy bwnio'i gilydd a chwerthin a thynnu ar gudynnau o wallt.

Fu ganddi erioed gariad yn yr ysgol. Fu ganddi erioed awydd un. Doedd yna ddim pwynt. Tra oedd y lleill yn crafu enwau bechgyn ar wynebau'r desgiau ac yn gwrido wrth ddatod dau fotwm, dechreuodd hithau wau niwlen o swildod o'i chwpas rhag i neb arall ei chyffwrdd. Roedd y lleill yn ymddangos mor wybodus, yn fawr eu brol, eu llygaid bach paentiedig yn culhau wrth sôn am ryw. A hithau'n cadw'i phellter, rhag iddyn nhw fedru arogli'i heuogrwydd hi. Gwyddai, yn y bôn, mai eu diniweidrwydd nhw a'u cadwai ar wahân.

'Tyrd rŵan, Meri, fel byddi di'n 'i neud hefo'r hen hogia 'na yn 'rysgol . . .'

Ond roedd hynny'n rhywbeth na wnaeth hi erioed, o'i achos o.

'Na, paid . . . cariad Mam wyt ti . . .'

A'r unig gysur wedyn oedd llonydd tan y tro nesaf, a gwasgu'i hwyneb yn erbyn llygaid botwm y tedi bêr nes bod rheiny'n tyllu'n galed i'w boch. Fedrai hi wneud dim — doedd ganddi ddim llais, dim byd ond cywilydd. Wedyn daeth y casineb. Ei mam yn ei beio hi am ymadawiad Frank.

'Yr hwran fach ddig'wilydd. O d'achos di mae hyn i gyd!'

Ond theimlodd Mererid mo'r glustan yn llosgi'i cheg, gan mor falch oedd hi o weld ei gefn o. Roedd hi'n bymtheg oed a'i harddwch yn ei amlygu'i hun yn barod, yn aeddfedu'n grwn dan blygion ei dillad. Ac roedd chwerwder ei mam yn llyncu'r ddwy ohonyn nhw ac yn eu fferru. Roedd hi'n well felly, y pellter, y distawrwydd. Yn haws dioddef. Nes byddai hithau'n mynd. Cyfrai'r dyddiau, y brys yn tician tu mewn iddi, a'r ofn wedi rhoi lle i rywbeth oerach, anos i'w ddiffinio.

Diwrnod di-ddim, di-liw oedd y diwrnod y gadawodd Mererid. Roedd yr awyr yn llenwi ffenestri'r tŷ â staeniau llwyd fel olion hen daflu-i-fyny ar garped. Doedd hi ddim wedi disgwyl peidio teimlo dim.

'Ti'n mynd ta?' Tarawai'r geiriau'n fas yn erbyn waliau'r ystafell fel ceiniogau mewn tùn baco.

'Yndw.'

'Chdi ŵyr dy betha.'

Daliodd Mererid ei gafael yn dynn yn y casineb a

gorddai'n dywyll yn ei pherfedd — heblaw am hwnnw fe fyddai hi'n mynd ar chwâl, yn pitïo'r wraig lwyd yma a ddewisodd genfigennu wrth ei merch ei hun yn hytrach na'i chysuro. Y casineb hwn a'i sbardunai i gymryd rheolaeth dros ei bywyd ei hun a mynnu iddi hi'i hun yr iawn am ei sarhad.

Dysgodd sut i wisgo'i diniweidrwydd yn denau ar y tu allan; roedd hynny'n ail-natur iddi rŵan, i un a fu'n eneth fach a chanddi brofiad gwraig. Roedd diniweidrwydd yn eu denu nhw — fe ddysgodd gymaint â hynny gan Frank. Gwnâi tegwch ei phryd a llinellau'i chorff hi'r gweddill yn hawdd.

Clerc bach yn y banc lle cawsai swydd oedd un o'r rhai cyntaf. Fe'i swynodd a'i synnu â'r angerdd yn ei llygaid mawr nes iddo gynnig ei phriodi. Ystyriodd ei gynnig yn hir tra parhâi ei thafod a gwres ei chorff i ogleisio fwyfwy ar ei synhwyrau. Ei wrthod oedd y pleser iddi, a'i wylio'n ceisio adfer ei falchder tra'n gorfod ei hwynebu yn ei waith bob dydd. Gadawodd y clerc ei swydd ymhen llai na mis. Welodd hi byth mohono fo wedyn.

Gwnâi'r dieithrwch dengar hwnnw a fywiogai ei llygaid hi'n siŵr nad oedd prinder cynigion. Dewisodd hithau'n ofalus — rhai dwys, diniwed â sêr yn eu llygaid. Roedd rheiny'n gwirioni'n gynt a'u dagrau'n llifo'n rhwyddach. Gŵr priod oedd ei choncwest olaf — cyn iddi gael gafael ar Tecwyn. Aeth hwnnw cyn belled â dweud wrth ei wraig ei fod o'n ei gadael hi. Roedd ei weld, a'i fywyd yn dipiau o'i herwydd hi, wedi deffro rhywbeth tebyg i dosturi ynddi, a'i hatgoffa o'r diwrnod y gadawodd dŷ ei mam am y tro olaf. Cymerasai rhyw angen arall le'r awch am ddial a lechai yn ei chalon; rhywbeth hen, cyntefig a barai iddi fod eisiau ei hamddiffyn ei hun. Rhoddwyd y dyn olaf ar ei liniau am y tro. Roedd ei dialedd ar ddynion wedi bodloni rhywfaint ar y gwacter tu mewn iddi. Y cam nesaf yn y cynllun oedd cael un ohonyn nhw i'w chynnal a'i chadw hi, a hynny ar ei thelerau hi. Addunedodd nad âi hi o dan draed yr un dyn arall tra byddai hi byw.

Cwsmer yn y banc oedd Tecwyn. Roedd eu cyfarfyddiad cyntaf mor syml â hynny. Hoffai hithau ei olwg yn fwy na dim un o'r lleill. Wyneb gwelw, bron yn fachgennaidd, oedd ganddo bryd hynny ond bod rhyw daerineb hŷn yn cysgodi'i lygaid. Doedd rheiny ddim yn hynod chwaith — roedden nhw'n ormod o ddyfrlliw i fod yn hollol wyrdd nac yn hollol las. Ond roedd yna ryw onestrwydd yn llinell ei ên ac osgo'i ysgwyddau. Wrth iddi ddechrau dod i'w adnabod yn well fe glosiai at yr addfwynder yn ei gymeriad. Serch hynny, synhwyrai Mererid ryw aflonyddwch yn tymheru'r addfwynder hwnnw ar brydiau, rhyw anfodlonrwydd a oedd yn ei hatgoffa o'r hyn a dyllai drwy'i henaid hithau fel pry drwy goedyn.

Gwyddai Mererid na fu hi erioed mewn cariad â Tecwyn ond parodd ei ofal ohoni a'i dynerwch tuag ati iddi ymlacio yn ei gwmni. Dysgodd glosio ato fel anifail wedi'i gam-drin, yn araf a gwyliadwrus. Cytunodd i'w briodi am iddo wneud iddi deimlo'n saff; am unwaith yn ei bywyd doedd cyffyrddiad dyn ddim yn ei bygwth. Bu'n rhaid iddi gyfaddef wrthi'i hun ei bod hi'n fwy bodlon rŵan nag y bu hi erioed yn ei bywyd o'r blaen. Roedd cyflog Tecwyn fel athro'n gyson a chyffordus ac fe'i dyrchafwyd yn bennaeth ar ei adran. Setlodd hithau i chwarae rhan y wraig berffaith a daeth i fwynhau cadw tŷ a threfn ar ŵr. Goddefodd y pethau eraill hefyd — ond o leiaf rŵan doedd rhyw ddim yn codi pwys arni fel o'r blaen. Daeth i dderbyn y cyfan fel rhan o'r parsel, a hyd yn oed i edrych ymlaen at y teimlad diogel o fod yn agos at gorff cynnes nad oedd yn debyg o beri niwed iddi byth. Doedd ei garu gofalus, ystyriol erioed wedi'i bodloni hi — ond gallu goddef oedd yn bwysig iddi, nid gallu mwynhau. Ac roedd o'n ei helpu, fesul ychydig, i gladdu budreddi'r gorffennol. Ddywedodd hi erioed wrtho am Frank. Wyddai hi ddim a allai hi roi'r holl gywilydd mewn geiriau i'w dweud wrth neb byth. Roedd hi'n haws mygu'r cwbl, pentyrru'i dyddiau ar ben ei gilydd yn gyflym a gwthio'r gofid i waelod y domen.

Naw mlynedd o briodas, o ddiogelwch a chysuron. Ac Esyllt. Thwyllodd hi erioed mohono fo tan rŵan. Credai hyd yn oed wrth iddi ymbalfalu yng nghefn y 'Merc' yn ystod y dyddiau cyntaf hynny hefo Sam mai helpu Tecwyn yr oedd hi. Methodd yn lân â wynebu'r ffaith y gallai hi fod yn ei helpu hi ei hun hefyd. Ond dyna oedd hi'n ei wneud ar y dechrau. Daeth yr hen anesmwythyd, yr hen ddialedd, i nofio i'r wyneb fel saim yn oeri. Ond wedyn, cyn iddi sylweddoli'r hyn a ddigwyddai iddi, fe'i daliwyd yng nghrafangau rhywbeth arall peryclach. Doedd hi ddim am gyfaddef wrthi hi'i hun ei bod hi mewn cariad hefo Sam; byddai'n llawer haws ganddi fod wedi'i gasáu. Roedd o'n gwneud iddi deimlo'n ddiamddiffyn, yn hawdd i'w niweidio am y tro cyntaf ers blynyddoedd, ac yn fwy na hynny roedd o wedi'i gorfodi i gydnabod yr angen a oedd yn llosgi tu mewn iddi ac yn pydru popeth arall.

★　　★　　★　　★

55

'Roeddwn i wedi gobeithio cael gair hefo chi, p'run bynnag, Mrs Eames.'

Roedd yna rywbeth yn gwta yn y ffordd y gollyngodd yr athrawes ifanc ei geiriau. Dychmygai Mererid ei llygaid amheus hi'n treiddio i'w meddyliau, yn ei chyhuddo o fod yn hwyr yn nôl Esyllt eto.

'Mae'n wir ddrwg gen i . . . cael fy nal yn nhraffig y dre . . .'

Roedd y ferch yma'n ieuengach na hi, meddyliodd Mererid, ac eto fe barai ei hedrychiad cyhuddgar a'r ffordd yr oedd hi wedi crafu pob mymryn o'i gwallt syth, golau oddi ar ei hwyneb iddi edrych yn awdurdodol, yn hŷn na'i hoed. Chwalodd ton o banig dros Mererid. Deng munud oedd o. Dyna i gyd. Dim ond deg o funudau bach dibwys. Gallai fod wedi digwydd i unrhyw un, meddyliodd yn amddiffynnol. Ond tair gwaith mewn tair wythnos? holodd llygaid yr athrawes. A hynny ar brynhawn Iau bob tro. Ond nid dyna ddywedodd hi.

'Peidiwch â phoeni am fod yn hwyr, Mrs Eames. Doedd 'na ddim brys arna i heno. Ac fel dudis i, mae o'n gyfle i ni gael gair bach.'

Roedd euogrwydd Mererid wedi hogi'i synhwyrau hi a'i gwneud yn anghysurus o effro i'r stafell liwgar a'i hamgylchynai. Gallai arogli glud a chlai a phapur newydd gwlyb — arogleuon gweithgarwch plant. Caeai'r waliau amdani'n glostroffobia o luniau plentynnaidd: 'Dyma Dad. Dyma Mam. Dyma Mot y ci.' Damia nhw. Damia'u diniweidrwydd lliwgar nhw — lle i bopeth, popeth yn ei le. A gwên fawr gam ar bob wyneb papur. Gwên fach gogio, glên . . .

'Poeni braidd am Esyllt ydw i, Mrs Eames.'

'O?' Sythodd Mererid.

'Ei gweld hi'n aflonydd ar brydiau. Methu setlo. Nid fel y bu hi ers talwm.'

Roedd yr athrawes fach yn edrych yn ansicr rŵan, yn arafu. Hoeliodd ei llygaid yn betrus ar y ruban ym mhlethen Esyllt, yn osgoi wyneb y fam wrth chwilio'i hymennydd am ffordd i egluro.

'Y peth ydi, Mrs Eames, bod Esyllt wedi dechrau camymddwyn.'

Cododd Mererid ei golygon oddi ar wyneb bach llaith ei merch.

'Be' 'dach chi'n feddwl?' Roedd ei thu mewn yn dadebru'n gyflym, amddiffynnol.

'Mae hi'n wrthryfelgar, Mrs Eames. Yn gwrthod gwneud pethau ac yn gas hefo plant eraill . . .' Dechreuodd y ferch ffwndro wrth weld y mellt yn llygaid Mererid ond roedd ei dyfalbarhad hi'n drech nag unrhyw ansicrwydd.

'Meddwl ôn i efallai bod rhywbeth o'i le gartref . . . yn ei phoeni hi . . .' Ond roedd hi wedi mentro'n rhy bell. Tynhaodd Mererid ei gafael yn y ferch fach.

'Rhywbeth o'i le? Be' 'dach chi'n ei awgrymu, 'merch i?' Teimlai ei bod hi'n cael ei chornelu ond roedd ei dicter yn rhoi hyder iddi. Pa hawl oedd gan hon, y gywan fach haerllug iddi, i luchio cyhuddiadau i'w dannedd hi?'

'Dim byd. Dim byd o gwbl!'

Siaradai'r ferch yn gyflym, y dychryn yn llwyd yn ei llygaid a hwnnw bellach yn bradychu'i hoed a'i diffyg profiad.

'Does na ddim o'i le ar y ffordd y mae Esyllt yn cael ei dwyn i fyny!' Daliai Mererid i boeri fel cath wyllt.

'Ond ddudis i ddim . . .'

'Gwrandwch, Miss Defis. Os ydi Esyllt yn cambihafio dwi'n awgrymu eich bod chi'n sbio adra'n gynta cyn cyhuddo pobol eraill o ddim byd. Eich lle chi ydi cadw trefn ar y plant 'ma ac ma' hi'n amlwg na chawsoch chi fawr o ddylanwad ar Esyllt, tydi?'

Gwelodd Mererid lygaid y ferch yn llenwi a gwyddai iddi ei brifo hi. Ond fedrai hi ddim rhoi'r gorau iddi. Gwyddai ei bod yn gwyrdroi geiriau'r athrawes fach gydwybodol yma ac yn eu troi nhw yn ei herbyn.

'Mrs Eames, doeddwn i ddim wedi bwriadu . . .'

'Wn i ddim be' oedd eich bwriad chi, Miss Defis, a dydw i ddim isio gwbod chwaith! Yr hyn sy'n fy mhoeni i ydi na fedrwch chi ddim cael trefn ar ferch fach bump oed heb fynd i weld bai ar bawb a phopeth ond arnoch chi'ch hun!'

Roedd hi'n tynnu Esyllt i gyfeiriad y drws wrth weld gwefusau honno hefyd yn dechrau crynu'n ansicr. Ysai am gael mynd o'r ystafell a'i waliau bach hapus a'i rhifau a'i theganau. Gadawodd yr athrawes â'i llygaid sgleiniog yn syllu'n fud ar ei hôl a llusgo'r fechan allan i'r coridor bychan. Roedd yr ysgol yn wag ac yn ddieithr heb ddwndwr plant. Doedd yna ddim i'w glywed ond ambell glinc o bwced fetel y glanhawr yn y pellter a sŵn eu traed hwythau'n clatsio ar hyd llawr newydd-ei-olchi.

7

Dyrchafwyd Jac Bach yn ddigon di-lol i hen swydd Tecwyn fel Pennaeth yr Adran. Feddyliodd neb fawr ddim am y peth. Roedd hi'n dynn ar ddiwedd tymor yr haf a'r stafelloedd dosbarth — fel hysbysfwrdd ystafell yr athrawon — yn gwagio'n araf bach.

'Ma' hi'n uffernol o ddistaw yma!' meddai Eric. 'Lle ma' nhw i gyd?'

'Trip y plant fenga i 'Fantasy World', meddai Huw Ffarmwr heb godi'i ben o'r domen o adroddiadau ar y bwrdd o'i flaen.

'Arglwydd, 'Fantasy World'!' meddai Eric. 'Oedd Miwriel Maths yn mynd? Pam na ches i gynnig?'

Dechreuodd y lleill biffian chwerthin, Lesli, Huw Ffarmwr ac O.D.

'Fasa hi mo dy isio di, mêt!' meddai O.D. Gwnaeth ystum anweddus hefo'i fysedd. 'Ma' gynni hi Esmor heddiw!'

Aeth y chwerthin yn gras, aflafar a gwenodd Tecwyn er ei waethaf. Teimlai'n annifyr, yn fradwrus braidd. Roedd o wedi clywed y cwbl o'r blaen, wedi gwneud sbort am ben y Prifathro hefo'r gweddill ohonyn nhw cyn heddiw. Ond rŵan mi oedd pethau'n newid yn gyflym. Er nad oedd ei swydd yn cychwyn tan fis Medi mewn gwirionedd, ni allai deimlo'i fod o'n un o'r criw yma bellach. Roedd o eisoes yn ei drwytho'i hun yng ngofynion gweinyddol swydd Dirprwy Brifathro ac yn symud ei daclau i hen swyddfa Moi. Llawr ag arno garped.

'Hei, sut deimlad ydi o, 'rhen Decs?'

Trodd Tecwyn i wynebu Lesli. Ceisiodd wenu'n ddi-hid.

'Be'?'

'Wel, y joban newydd, siŵr Dduw! Mynd yn un ohonyn Nhw I Lawr Grisia!'

Achubwyd Tecwyn gan ffraethineb Eric:

'Iesu, fydd Tecs 'ma byth yn un ohonyn Nhw I Lawr Grisia! Ddim go iawn. Fedrwch chi'i weld o'n drŵlio ar ôl Miwriel Maths yn ei bicini tua'r 'Fantasy World' 'na? Chwara teg rŵan, hogia!'

Dangosodd Lesli'i ddannedd mawr mewn gwên amrwd.

'Pawb at y peth y bo,' meddai. Teimlai Tecwyn ei fod o'n edrych yn syth drwyddo fo.

'Rhaid i bob dyn wrth uchelgais,' meddai O.D.

'Clywch, clywch!' meddai Huw o ganol ei adroddiadau.

'Iesu, be' wyddost ti am beth felly?' heriodd Lesli. Roedd yna dinc sbeitlyd yng nghellwair hwnnw bob amser. Dechreuasai ei glyfrwch rygnu ar nerfau Tecwyn a pheri iddo gydymdeimlo â Huw:

'Chwara teg i ti, bôi!'

'Wel, Huw Ffarmwr, tyrd yn dy flaen ta!' meddai Lesli. 'Be' ydi dy uchelgais fawr di?'

Crafodd Huw Ffarmwr ei gadair yn ei hôl nes ei bod hi'n gwichian yn erbyn y llawr.

'Dŵad adra o'r 'Royal Welsh' heb gael 'alcoholic poisoning'!' meddai'n ddifrifol.

Mi oedd eu chwerthin yn dal i'w gyrraedd o dan y drws ac yntau wedi cerdded i ben pella'r coridor cul a arweiniai at dop y grisiau. Hefo Lesli yr oedd Huw Ffarmwr wedi chwerthin yn y diwedd er gwaethaf sbeit hwnnw, er iddo fo, Tecwyn, geisio cadw'i gefn o. Roedd Huw wedi gwneud sbort am ei ben ef ei hun, a hynny o ddewis. Ac yno roedd yr ateb — roedd Huw Ffarmwr yn un o'r hogiau o hyd.

*   *   *   *

'Rhaid i ni lenwi swydd Jac Lloyd rhag blaen, Tecwyn.'

Dechreuasai Tecwyn gynefino'n barod ag aroglau coffi ffres yn treiddio i'r cyntedd bychan rhwng y ddwy ystafell bob tro'r agorai Esmor Huws ddrws ei swyddfa. Heddiw byddai yno fisgedi hefyd, meddyliodd, a Chadeirydd y Llywodraethwyr yn cyrraedd erbyn pedwar i dynnu rhestr fer. Roedd yna wyth ymgeisydd am swydd Jac, a dau fôi da iawn yn eu plith. Teimlai Tecwyn o'r hyn a glywsai ac a welsai y byddai unrhyw un o'r ddau'n fwy na theilwng.

'A, Mr Eames! Y gwas newydd, fel 'tae, yntê!'

Trodd Tecwyn i gyfarch y llais. Chwarter i. Mi oedd Dic Dŵr wedi cyrraedd yn brydlon. Ond chafodd o ddim cyfle i'w ateb.

'Mr Preis! 'Dach chi'n gynnar iawn!' Llanwai Jên, yr ysgrifenyddes hŷn, ddrws swyddfa Esmor Huws a'i llygaid yn goleuo dreigiau. Roedd gorbrydlondeb Dic Dŵr wedi'i thaflu oddi ar ei hechel a gwneud i'w threfnusrwydd ymddangos yn llai na pherffaith.

Roedd hi'n well nag unrhyw gi gwarchod, yn nhyb

Tecwyn. Meddyliai ef amdani fel y ddraig chwedlonol a warchodai'r Cnu Aur ac a chwythai dân i ddifa pob meidrolyn yn golsyn. Biti ar y diawl, meddyliodd, na fyddai hi cyn hawsed lluchio llwch i lygaid hon a'i thaflu i drwmgwsg am fis. Tybiai, wrth edrych ar ansicrwydd Dic Dŵr, fod ei feddwl yntau ar yr un trywydd. Mi oedd ar hwnnw ofn Jên Glên trwy'i din hefyd! Brathodd Tecwyn ei wefus isaf rhag iddi grychu'n wên er ei waethaf.

'Dydi Mr Huws ddim yn ei swyddfa rŵan, chwaith,' fflachiodd Jên Glên. 'Ond mae croeso i chi ddŵad i mewn i ista!'

Swniodd ei gwahoddiad yn debycach i fygythiad. Petrusodd Dic Dŵr a llygadu'r feiro yn ei llaw fel petae hi'n ddart gwenwynig. Er mawr ryddhad iddo cyrhaeddodd Esmor Huws yn y cyntedd tu ôl iddo fel ag yr oedd Dic Dŵr yn teimlo'r atal hwnnw a lesteiriai'i leferydd ar adegau fel hyn yn codi fel parlys o'i wddw i'w dafod.

'Richard Preis! Dewch drwodd, gyfaill! Sut ma' petha hefo chi?'

'Y . . . y . . . g- g- go dda w-wir . . . y . . . tha-thanciw!' meddai Dic, y cytseiniaid yn mynnu gludio'n boenus i dop ei geg. Casâi'r orchwyl hon o dynnu rhestr fer. Parai'r rheidrwydd o orfod llafurio drwy gymwysterau pobl ddiflastod affwysol iddo, yn rhannol am na feddai ar ryw lawer ohonynt ei hun ac yn rhannol am y gwyddai o brofiad erbyn hyn nad cymwysterau oedd yr unig bethau i roi mantais i ddyn bob tro.

'Oes yna fisgedi yn rhywle, Jên?'

Pe bai'r Prifathro newydd gyhoeddi i'r byd bod harddwch ei gwedd yn rhagori ar brydferthwch holl flodau'r maes ni fyddai Jên Glên wedi gwenu'n addfwynach arno.

'Mae 'na bacedaid o *Family Assorted* heb ei agor yn cwpwrdd "fisitors",' meddai hi'n haelionus, ei ffyrnigrwydd yn toddi'n ddim o flaen ei meistr fel pob gast beryglus. Ond roedd Esmor Huws eisoes wedi hebrwng Richard Preis Gwaith Dŵr i glydwch ei swyddfa a pherarogl y *Kenya Blend* a chau'r drws yn ddistaw ar bawb arall.

*   *   *   *

Bu'n rhaid i Tecwyn fodloni ar fynd oddi yno'r prynhawn hwnnw heb gael gwybod dim. Roedd o wedi dal her cyn hired ag a feiddiai ond roedd hi'n dynn ar bump o'r gloch a'r ddau ddyn yn dal i fod yn y swyddfa. Penderfynodd hel ei bac. Bu'n ddiwrnod blinedig, symud ei gêr i stafell Moi a cheisio trosglwyddo petheuach yr Adran i Jac Lloyd. Sgyrnygodd ar y planhigyn cactws a roesai Mererid iddo ar gyfer sil y ffenest. Dyna oedd carpedi a thipyn o foethusrwydd yn ei wneud i ddyn, meddyliodd yn flinedig. Byddai'n rhaid iddo wylio na fyddai'n troi'n rêl ponsyn. Caeodd ei ddrws newydd ar y cyfan. Do, mi fu'n ddiwrnod hir. Ysai am yfory. Am y penwythnos. Am gael galw yn 'Llwyn Deri' i edrych am Moi a bwrw'i fol. A theimlo'n well o weld Moi'n gallu chwerthin yn braf am ben y cyfan oll.

*   *   *   *

Mererid atebodd y ffôn. Roedd hi'n dynn ar un ar ddeg o'r gloch. Pan ddaeth hi yn ei hôl i'r stafell fyw roedd hi'n crynu.

'Moi,' meddai.

'Be'?' Ofnai Tecwyn welwder ei hwyneb. 'Ydi o'n iawn?'

Eisteddodd Mererid heb edrych arno, dim ond syllu'n fud i fariau oer y tân trydan. Deffrôdd y cyllyll bach yn stumog Tecwyn a dechrau troi'n araf bach.

'Wel deud rwbath, neno'r Iesu, yn lle sbïo 'fath â drychiolaeth! Ydi o 'di cael trawiad eto, ta be'?'

Cododd Mererid ei hwyneb. Roedd hi fel y galchen. Ei llygaid mawr hi a atebodd: Na, dydi o ddim yn iawn. Mae o'n bell, bell o fod yn iawn byth eto. Ei llygaid hi a sgrechiai'r newydd: Tecs, er mwyn Duw, mae Moi wedi marw.

Mi aeth o i gornel bellaf yr ardd a chwydu. Teimlai ei berfedd i gyd yn llosgi'i gorn gwddw. Blasai ei geg fel rhwd haearn.

'Grist Iesu!' llefodd yn isel, ac roedd y dagrau'n gwyrdroi'i wyneb fel na allai weld dim bron, heblaw am ryw hen niwl dyfrllyd llwyd yn dod rhyngddo a'r tywyllwch o'i gwmpas. Mi oedd pobman mor ddistaw a'r awyr yn glaear. Gyda'r nos o haf, a dim byd yn symud, heblaw am lun ambell deledu'n gwreichioni yn ffenestri'r tai ar y stad gyfagos lle nad oedd y llenni ynghau.

*   *   *   *

'Uffar o beth,' meddai'r hogiau yn y staffrwm.

Ac mi oedd o. Ond doedd gofid y lleill ddim yn berwi i'w llygaid nhw'r un fath. Erbyn amser paned roedd yna sibrydion newydd. Y rhestr fer.

'Rwbath yn drewi yn fan'na, os ti'n gofyn i mi,' meddai Eric.

'Y?'

'Wel, y ddau fôi 'na'r oeddat ti wedi rhoi dy bres arnyn nhw, Tecs. Dim sôn amdanyn nhw. Dim ond dau hen stejar, bron cyn hynad â fi, yn ôl pob sôn. A rhyw gywan fach ifanc o rwbath yn syth o'r coleg! Dwi'n deud wrthat ti, Tecwyn, 'rhen fêt, ma' 'na rwbath yn ffishi ddiawledig ynglŷn â'r cwbwl.'

Ond ni allai Tecwyn wneud synnwyr o'r parablu o'i gwmpas. Doedd arno ddim eisiau gwybod. Pa ots? Pa wahaniaeth am ddim byd? Y funud honno ni fyddai Tecwyn wedi malio pe bai Esmor Huws wedi cynnig y swydd i'w nain.

8

Roedd hi wedi gwneud boliad o law tra buon nhw yn y capel. Codai arogl y pridd newydd yn chwerw-lân o'r ddaear ac roedd hi'n dal i lawio'n ysgafn — hen ddiferion niwlog, anweledig bron a'r rheiny'n fân fel pupur. Codwyd ambell ambarél yma ac acw ac roedd eu paneli amryliw'n haerllug uwchben y dillad duon, yn gwyro'n ansicr, araf o'r naill ochr i'r llall fel gloynnod wedi glanio ar lo.

Syllai Mererid ar Sam Arfon o dan gantel lydan ei het. Hyd yn oed heddiw, yn angladd Moi, eiliadau wedi iddyn nhw ollwng yr arch a wyneb Loti gyferbyn â hi'n fwgwd llwyd, ni allai hi beidio â theimlo'r cynnwrf chwantus hwnnw wrth edrych arno rŵan. Safai ar yr ochr arall i'r fynwent, fo ac Esmor Huws a Richard Preis Gwaith Dŵr. Doedden nhw ddim wedi dod i lawr at lan y bedd ac ni fyddai hithau wedi dewis gwneud hynny chwaith oni bai am Tecwyn. Teimlai Mererid fod galar Tecwyn a'i gonsyrn am Loti yn dechrau rhygnu ar ei nerfau. Roedd gan Loti ddau o feibion, un wrth bob braich. Faint mwy o ofal oedd ar y ddynes ei eisiau? Hen bryd i Tecwyn ei hel ei hun at ei gilydd, meddyliodd yn sur. Roedd y glaw mân yn gwlychu'n dwyllodrus a theimlai frethyn tenau ei siaced yn tampio'n sydyn o gwmpas ei hysgwyddau. Daliai i edrych i gyfeiriad Sam. Roedd y siwt dywyll a wisgai o doriad drud — roedd hynny'n amlwg o bell, ond fe wyddai Mererid eisoes am afaeliad ei ddillad. Edrychai'n gyfforddus ynddynt rŵan — o'r cwlwm yn ei dei silc hyd at y lledr meddal Eidalaidd am ei draed. Roedd moethusrwydd yn gweddu i Sam Arfon. Nid fel Tecwyn, meddyliodd Mererid, a llusgodd ei llygaid i gyfeiriad ei gŵr. Safai hwnnw fel dyn mewn breuddwyd, ei siwt gladdu'n hongian yn chwithig amdano, a chwlwm ei dei'n garchar iddo. Cododd ei olygon yn sydyn, annisgwyl ac edrych arni.

'Dwi'n oer, Tecwyn,' meddai.

Swniai ei geiriau'n hunanol yn ei chlustiau ei hun. Roedd o'n disgwyl iddi ddweud rhywbeth arall, ond allai hi ddim cynnig cysur iddo. Roedd yna rywbeth yn gorwedd yn drwm yn ei gwddf yn atal geiriau felly. Gostyngodd Tecwyn ei lygaid i'r ddaear.

'Mi a' i i'r car i aros,' meddai hi wedyn. Chlywodd o mohoni hi.

Cerddodd Mererid yn araf a phwyllog. Galar Loti oedd y peth olaf ar ei meddwl a gwyddai y dylai hi gywilyddio ond y cyfan a oedd yn bwysig iddi'r funud honno oedd ei hargraff ar Sam Arfon wrth iddi gerdded heibio iddo. Llyfodd ei gwefus a'i chalon yn aflonydd fel deryn mewn cawell wrth ddychmygu'r tân yn ei lygaid pan edrychai arni. Cymerasai ofal gyda'i cholur a'i gwallt ac er mai siwt ddu blaen a wisgai roedd honno'n gafael yn awgrymog yn llinellau ei chorff, y gôt wedi'i theilwrio'n fain ei gwasg ac yn gwneud i'w bronnau ymddangos yn uwch, a'r sgert wedyn, yn hir fel pensil, yn tynnu'n ddengar ar draws ei phen ôl siapus. Roedd yna hollt fach yn y sgert, yn ymestyn yn gynnil o'i ffêr i dop ei phen glin, yn dangos fflach o hosan dryloyw pan gerddai hi. Yr het oedd yn gorffen y cyfan. Pe bai ei chantel hi fodfedd yn lletach byddai'n rhy fawr. I'r rhelyw doedd yna ddim yn anghyffredin yn ei hosgo a'i hymddangosiad. Mererid Eames oedd hi, yn smart ac yn hynod ffasiynol fel arfer a'i gwisg yn gweddu'n union i bob achlysur. Ond roedd y cyfan yn ddigon i dynnu llygaid dyn a wyddai ymhle i edrych ac wedyn i dynnu'r dŵr o'i ddannedd o'n araf, araf bach.

Esmor Huws oedd yr unig un i'w chydnabod wrth iddi gerdded heibio. Ni allai ddeall beth oedd y slasan yma wedi'i weld yn Tecwyn Eames erioed. Ond dyna fo, rhyw greadur felly oedd hwnnw, popeth yn mynd ei ffordd o, meddyliodd Esmor, er nad oedd hynny'n hollol deg chwaith. Roedd o'n gydwybodol yn ei waith, yn haeddu'i ddyrchafiad. Bonws bach i Esmor Huws oedd y ffaith ei fod o'n ei chael hi'n hawdd dylanwadu ar Tecwyn ac y gallai ddibynnu ar ei gydweithrediad yn y dyfodol gant y cant. Un felly oedd Esmor. Mynnai ufudd-dod gan bawb a'i gwasanaethai. Dyna pam y dewisodd o Nansi'n wraig.

Arafodd y glaw mân gan adael haenen o damprwydd llwyd ar bopeth. Cododd dagrau poeth o rwystredigaeth i lygaid Mererid. Ei chywely ar brynhawniau Iau ers wythnosau, yr un a wyddai am bob modfedd o'i chnawd hi'n well na'i gŵr ei hun — roedd o wedi edrych trwyddi fel pe na bai wedi'i gweld hi o gwbl ac wedi troi'i olygon yn ôl i gyfeiriad Esmor a Dic Dŵr, eu sgwrs nhw'n amlwg yn bwysicach na dim arall. Roedd meddwl am y trahauster yn llinell ei ysgwyddau wrth iddo droi oddi wrthi hi wedi dod â dau ddotyn coch o ddicter i'w gruddiau. Damia fo unwaith, pwy oedd o'n feddwl oedd o? Roedd ei bysedd yn gwrthod ufuddhau i'w hewyllys wrth iddi ymorol yn ei bag am oriadau'r car. Y funud honno roedd hi'n casáu Sam Arfon â chas perffaith am ei hanwybyddu hi fel yna ond fe wyddai'n burion ar yr un pryd ei fod o'n ei denu hi'n fwy nag a wnaeth yr un dyn arall erioed.

'Job dda, Esmor,' meddai Sam. Roedd o'n cyfeirio at y rhestr fer a dynnwyd ar gyfer swydd Jac Bach.

Tynnodd Esmor ei wefusau main yn wên.

'Rhaid diolch i Richard Preis 'ma am ei gyd-weithrediad,' meddai.

Amneidiodd Cadeirydd Llywodraethwyr Ysgol Glannau Alaw ei ben mewn cydnabyddiaeth.

'Dim problem,' meddai. 'Doedd o'n ddim byd.'

A doedd o ddim chwaith. Beth oedd yna'n haws nag amneidio'i ben a chytuno gant y cant â'r cyfan a ddywedasai Esmor Huws? Fo oedd prifathro'r ysgol, yntê? Ac fe wyddai, siawns gan Dic, beth a phwy oedd yn addas, neno'r Tad. Ac felly y bu hi, Esmor yn dweud, a Dic Dŵr yn gwneud, a'r olaf heb na'r ymennydd na'r awydd i dynnu'n groes.

'Wel, dwi'n ddiolchgar iawn i chi'ch dau,' meddai Sam wedyn.

'Wela i chi eto,' meddai Dic. Ymlwybrodd ei gorff mawr llac i lawr i gyfeiriad yr hafn yn y ddaear lle safai'r galarwyr eraill gan adael y ddau arall i'w sgwrs.

'Hen fôi digon hawdd gneud hefo fo,' meddai Esmor.

'Ia, diolch i'r Drefn,' meddai Sam. Crechwenodd ar y prifathro. Ffurfioldeb fyddai'r cyfan rŵan. Roedd y strôc bwysicaf wedi'i thynnu, ac Eira, hogan Elsi, yn ddiogel ar y rhestr fer.

'Pryd wyt ti'n cynnal y cyfweliadau, Esmor?'

'Dydd Iau ola'r tymor fydd hi, ma' siŵr.'

'Dydd Iau nesa, felly? Dwi'n cymryd na fyddi di ddim yn gofyn i mi fod ar y Panel Cyfweld y tro yma!' Winciodd yn gynllwyngar ar Esmor.

'Go brin y baswn i'n gofyn i'w Yncl Sam hi, te?' meddai Esmor. 'Fasa fiw gneud gwaith siarad i bobol a rhoi'r ferch o dan anfantais, na fasa? Ei swydd gyntaf hi a phob dim. Na, gad betha i mi'r tro hyn.'

Dangosodd Sam ei ddannedd yn fodlon. Nid bod pawb yn gwybod fod mam Eira'n chwaer iddo, ond doedd dim iws gwahodd helbulon chwaith. P'run bynnag, roedd prynhawniau Iau Sam yn brysur fel roedden nhw. Edrychai ymlaen er ei waethaf at ei drefniant wythnosol hefo Mererid Eames. Gwenodd yn fewnol rŵan wrth feddwl amdani gynnau fach yn ysu am ei sylw ac yntau'n cael pleser rhyfeddol o chwarae'r gêm yn groes ac anwybyddu pob un o'i hystumiau gofalus.

'Wyt ti'n gwrando arna i, ta be', Sam?'

Sylweddolodd fod Esmor yn siarad eto a gwthiodd ei chwant i gefn ei feddwl. Roedd llygaid Esmor wedi culhau yn ei wyneb ac roedden nhw'n syllu i fyw llygaid Sam Arfon. Gwyddai Sam o brofiad mai dyma'r wyneb a fynnai'r ad-daliad — yr wyneb hir hwnnw a oedd yn fasg o benderfyniad. Yn nhyb Esmor roedd ei ran ef yn y fargen wedi'i chyflawni. Ond nid trwy garedigrwydd ei galon yr oedd Sam Arfon wedi crafangu i ben yr ystol. Nid trwy gynnig rhoi'i ben o dan gesail neb. Culhaodd ei lygaid yntau. Roedd o'n dalach nag Esmor o bedair modfedd, ac yn un pum mlynedd yn iau. Safai rŵan, ei ddwylo yn ei bocedi a'i draed ar led. Ond roedd ei ysgwyddau'n syth ac er gwaethaf ei hoffter o'r wisgi gorau a'i gaethiwed i ysmygu cadwasai ei gorff yn heini a chyhyrog. Rŵan fe godasai ei ên yn uchel, mewn ystum gŵr nad oedd yn arfer cyfaddawdu.

'Dydi Eira ddim wedi cael y job eto, Esmor.' Dim ond ei lygaid a symudodd. Roedden nhw cyn galeted â llygaid llechen Esmor, yn goleuo'i dalcen yn fygythiol fel pyllau o ddur. 'Wyt ti'n dechrau mynd yn farus, ta be'?'

Gwasgodd Esmor Huws ei gorff at ei gilydd yn weledol. Roedd mistar hyd yn oed ar Fistar Mostyn ei hun. Casâi gael ei atgoffa o'r ffaith mai ar delerau Sam Arfon ei hun y bodolai unrhyw fath o gyfeillgarwch rhyngddyn nhw ac ar hyn o bryd roedd y cyfeillgarwch hwnnw'n rhy fanteisiol i'w golli. Tynnodd ei wefusau'n fain eto i geisio ffurfio gwên. Roedd hi'n ymdrech sâl.

'Paid ti â phoeni am Eira,' meddai. 'Hi piau'r swydd. Mi wyddost hynny.'

'Mi wn i mai ti sy'n deud hynny,' meddai Sam. Doedd o'n ildio dim rŵan. Roedd beiddgarwch Esmor Huws wrth awgrymu y byddai'n mynnu'i ffafr yn ôl mor fuan wedi codi'i wrychyn o.

'Dwi'n rhoi 'ngair i ti, Sam.'

Roedd rhywbeth yn derfynol yn yr ymadrodd; geiriau dyn a arferasai gael ei ffordd ei hun oedden nhw. Gadawodd Sam i'r distawrwydd orwedd rhyngddyn nhw am ychydig. Os oedd Esmor yn disgwyl iddo geisio gwneud gorchest o ddiolch iddo roedd o'n gwneud camgymeriad. Roedd hi'n hen ddigon buan. Edrychodd i lawr ar y prifathro. Roedd arno eisiau rhywbeth, bron â thorri'i fol, ond roedd llygaid Sam Arfon wedi'i bwyllo am y tro. Yr hyn a ddywedodd Esmor ymhen hir a hwyr oedd:

'Mi faswn i'n gwerthfawrogi sgwrs breifat hefo ti. Ma' gin i rwbath y carwn i gael dy gyngor di arno fo . . .'

Roedd cylla Sam yn twymo'n braf wrth edrych ar Esmor Huws yn crafu iddo. Felly roedd hi i fod. Fe geisiodd Esmor luchio'i bwysau ac fe fethodd. Eitha gwaith.

'Fedri di ddŵad draw acw?' Gostyngodd Esmor ei lais ond ni allai guddio'r taerineb ynddo.

'Siŵr o fod.'

'Nos fory?'

'Dwi'n brysur gyda'r nosau am sbelan, fel mae hi'n mynnu bod.' Doedd o ddim. Ond chwaraeai ag Esmor fel ag y gwnâi â physgodyn ar fach. 'Wn i be' wna' i hefo ti. Mi ddo' i draw nos Iau nesa. Mi ga' i hanes y cyfweliad 'run pryd felly, yn caf?'

'Iawn. Nos Iau amdani, ta.'

Dyna'r cynnig, a lle Esmor oedd derbyn. Gadawodd Sam yn sefyll ar ei ben ei hun a dilyn llwybr Dic Dŵr i lawr at lan y bedd.

9

Roedd hi'n banad dda. Yn gryf ac yn felys ac yn llosgi'i frest o'n gysurus. Doedd o ddim yn cael siwgwr yn ei de gartref, nac ar ddim byd arall chwaith. Y chwilen 'bwyta'n iach' wedi brathu Mererid.

'Un arall, Tecwyn bach?'

Sylwodd hi'n arno'n edrych i gyfeiriad y llun ar y seidbord. Bu'n bedwar mis ers pan fu farw Moi.

'Un fach sydyn, ta, Loti. Diolch.'

Tywalltodd Loti'r te, yn falch o'i gwmni am ddeng munud yn hwy. Edrychodd Tecwyn arni'n iawn am y tro cyntaf ers wythnosau. Doedd y gwelwder ddim wedi gadael ei hwyneb o gwbl, ac yng nghorneli'i llygaid a'i cheg roedd yna linellau mân yn ymestyn trwy'i chroen hi fel gwe. Roedd ei gwallt, yn ei ddull arferol, wedi'i dynnu'n giaidd oddi ar ei thalcen ac roedd ganddi sgarff ynddo, wedi'i wisgo fel band llydan a'i glymu oddi tano wedyn. Ar sawl merch arall o'r un oedran â hi buasai'r steil yn rhy ifanc, yn rhy greulon rhywsut. Doedd o'n gadael dim byd i guddio tu ôl iddo. Roedd Loti'n bump a deugain a'i gwallt tywyll yn dal heb ildio'r un blewyn gwyn. Wyneb bychan oedd ganddi — corffyn bychan oedd hi i gyd. Roedd ei gruddiau uchel yn atgoffa Tecwyn o ddol degan, yn gwneud iddi edrych yn fregus — nes iddo edrych ar ei llygaid. Yno'r oedd cryfder Loti, yn y llygaid gwyrddion hynny a'u dyfnderoedd mor ddirgel â llynnoedd. Y cryfder mewnol hwnnw oedd wedi'i chynnal hi cyhyd, yr un cryfder a gynhaliodd Moi. Llyncodd Tecwyn gegiad o'r te'n swnllyd. Roedd ei dewrder hi'n codi lwmp i'w wddw.

'Sut ma' petha tua'r hen academi 'cw?' Rhyw sylw chwareus felly fyddai Moi wedi'i wneud hefyd. Am ennyd fer teimlodd Tecwyn nad oedd o ddim wedi colli Moi yn llwyr.

'O, pydru drwyddi,' meddai.

'Dwi'n siŵr eich bod chi wrthi'n gydwybodol iawn. Yn rhy gydwybodol, efallai?'

Roedd Loti'n graff, yn ei wneud yn ymwybodol am unwaith o'r blinder a oedd yn tynnu tu ôl i'w lygaid. Yn sydyn roedd o'n falch ei bod hi wedi sylwi. Hi oedd yr unig un i wneud hynny. Roedd ei chonsyrn yn famol, yn ei esmwytho, er nad oedd hi, sylweddolodd yn sydyn, gymaint â hynny'n hŷn nag ef. Cofiodd yr adeg pan roddodd ei freichiau amdani i'w chysuro y diwrnod ar ôl i Moi farw. Roedd fel cofleidio aderyn. Gwagiodd weddillion ei de ac edrych i'r llynnoedd yn yr wyneb na chawsai gwsg ers nosweithiau. Wyneb llyfn, yn llwyd gan hiraeth. Yr wyneb y syrthiodd Moi mewn cariad ag o. Dechreuai Tecwyn ddeall pam. Roedd o'n cofio sut y teimlasai bryd hynny wrth ddal Loti yn ei freichiau . . .

'Rhaid i mi'i throi hi, Loti. Gwaith papur erbyn fory.' Cododd yn frysiog fel petae o'n ofni iddi hi ddarllen ei feddwl. Ffieiddiodd wrtho'i hun am iddo eistedd yn llygadu Loti ac yntau yno i gynnig cysur iddi. Cysur ffrind.

Gwenodd Loti arno hefo'i llygaid — roedd ei gwefusau eisoes yn rhy flinedig i esgus unrhyw neisrwydd. Ond gwasgodd fraich Tecwyn yn dyner wrth agor drws y ffrynt iddo.

'Peidiwch â gor-wneud petha rŵan.' Am y tro cyntaf ers pedwar mis fflachiodd rhywbeth tebyg i ddireidi yn ei llygaid hi. 'Mae 'na betha heblaw gwaith! Arwyddair Moi.' Goleuai ei hwyneb wrth ddweud ei enw a 'sgubodd rhyw aflonyddwch fel awel fain ar draws ei llynnoedd o lygaid.

'Dria i gofio hynny, Loti.'

Roedd yna rywbeth ynglŷn â Loti'r noson honno wedi cynhyrfu Tecwyn, wedi cyffwrdd rhywbeth yng ngwaelodion ei fod. Daeth arogleuon cyfarwydd y car â chysur realaeth iddo — arogleuon lledr a phetrol a llwch cynnes wrth i'r gwresogydd boethi'n araf. Ni allai esbonio'r hyn a ddaeth drosto gynnau fach ond roedd ei feddwl yn ferw gwallgof a'i gylla'n belen o dân. Bu'n mynd i edrych am Loti'n gyson ers ei phrofedigaeth. Doedd hynny ddim yn orchwyl oherwydd ei fod o'n mwynhau ei chwmni hi. Gallai deimlo Moi o'i gwmpas. Yn 'Llwyn Deri' yn anad pobman arall cawsai noddfa am ychydig bach. Ond heno fe deimlodd yn wahanol ac roedd ei deimladau'n ddryswch iddo. Wedi'r cyfan, doedd yna ddim byd wedi digwydd yn wahanol i'r arfer. Dim ond paned a sgwrs. A dim ond Loti oedd hithau.

*   *   *   *

Roedd swyddfa Sam Arfon fel swyddfa mewn cylchgrawn, yn drwch o garpedi ac wedi'i dodrefnu â chadeiriau lledr lliw hufen. Edrychai'r ffenest fawr banoramig i lawr ar dref gwmpasog Castellau ac ar yr adeiladau onglog newydd a dyfai drwy'r gweddill yn galed, artiffisial, yn peri i hynafiaeth popeth arall ymddangos yn fudr. Sam ei hun oedd yn gyfrifol am y rhan fwyaf o'r adeiladau newydd yma. Dyma lwyddiannau arloesol parterniaeth S. Arfon Jones a Roberts, Penseiri, a'r rheiny yn eu hamlygu eu hunain yn feunyddiol i'r sawl a safai yn y ffenest honno ar lawr ucha'r adeilad.

Safai Sam Arfon yn yr union fan rŵan. Mynnai'r gwres canolog, a'r ffaith ei fod newydd godi oddi wrth ei fwrdd darlunio, ei fod o yn llewys ei grys, côt ei siwt 'Jaeger' wedi'i lluchio'n flêr dros gefn ei gadair gyda diofalwch un a gymerai ei gysuron yn ganiataol bellach.

Nid felly bu hi o'r dechrau chwaith. Gwyddai Sam Arfon ystyr crafu bywoliaeth. Gwelsai ei fam yn brodio ac yn clytio ac yn esgus diffyg archwaeth ei hun er mwyn i'r pryd bwyd fod yn ddigon i bawb arall. A hyd yn oed wedyn prin y deuai'r ddau ben llinyn yn agos at gyrraedd ei gilydd. Gadawodd y nyth yn ddeunaw oed yn addef wrtho'i hun y dôi yn ôl rhyw ddiwrnod a dangos iddyn nhw i gyd faint oedd ei hyd a'i led. Ie, pawb o'i orffennol poenus a feiddiodd fwrw sen ar ei dlodi a rhoi cam iddo o'r newydd — yr athrawon ysgol sarhaus a'r plant dosbarth-canol ponslyd a wnâi hwyl beunyddiol am ben y brodiadau yn ei ddillad.

Roedd mynd i faes pensaernïaeth yn gwneud synnwyr iddo, yn gyfle iddo gael rhoi ei stamp ei hun o'r diwedd ar y byd o'i gwmpas. Enillodd ei ddyfalbarhad pengaled radd ddisglair iddo. Fe'i penodwyd i'w swydd gyntaf gyda chwmni yn Lloegr a dysgodd Sam wrth wrando a gwylio bod sawl ffordd o fynd ymlaen yn y byd. Roedd ganddo ymennydd fel rasel ac ychydig iawn o gydwybod. Ymhen byr o dro dysgodd fyw. A barnodd ei fod o'n barod i ddod adref yn ôl.

Ar y cychwyn roedd dechrau busnes ar ei liwt ei hun yn gam llawer mwy dychrynllyd nag a dybiasai Sam. Dechreuodd amau ei fyrbwylltra ei hun. Roedd o'n dlotach, yn llwglyd ac yn rhentu un ystafell ddigysur i lawr wrth y cei. Hon oedd ei swyddfa, mewn adeilad hynafol â'i lawr isaf yn bencadlys llwyd i un o'r mudiadau elusennol a estynnai gymorth i'r Trydydd Byd. Hyd yn oed heddiw, ym moethusrwydd digywilydd swyddfeydd presennol 'S. Arfon Jones a Roberts', roedd atgofion Sam am y swyddfa gyntaf honno'n anesmwytho'i berfedd. Ac eto, onid oedd hi'n glod iddo'i fod o wedi crafangu'i lwybr mor llwyddiannus o'r diddymdra hwnnw? Cofiai waliau'r hen adeilad wedi'u paentio'n felyn fel lliw hen fenyn, a'r tamprwydd yn dod trwy'r paent yn gnotiau llwyd fel olion bysedd rhyw greadur cawraidd, blêr. Ar ddiwrnod claear llenwid y lle ag arogleuon yr afon, pydredd hen bysgod a gwymon. Roedd hi'n fain arno am gyfnod ond tynghedwyd y llanc mentrus, golygus, cyfrwys hwn i lanio ar ei draed. Ac yna, yn sydyn reit, fe wnaeth. Fe darodd ar Gwen.

Diniweidrwydd Gwen Saunders a'i denodd o ati yn y dechrau. Roedd ei hanwyldeb penfelyn yn ei ddifyrru er y gwyddai Sam o'r dechrau na allai fyth fod mewn cariad â hi. Mewn ffordd od, oddefgar carai Sam ei mwynder hi ac roedd ganddo feddwl ohoni fel y mae gan ddyn feddwl o gi bach ffyddlon. Ac roedd hynny'n ddigon i Sam am y tro. Gwirionodd Gwen ei phen ac fe'u priodwyd. Dyna'r cam cyntaf. Roedd hi'n ferch i'r Cynghorydd Owen Saunders, Cyfarwyddwr Adran

Gynllunio'r Cyngor Sir ac aelod blaenllaw o'r Seiri Rhyddion. Ffynnodd busnes y pensaer ifanc, addawol a daethpwyd i wybod ar led am ei allu. Symudodd yn fuan iawn wedyn o'i ystafell i lawr wrth y cei.

Torrodd seinydd ei ysgrifenyddes yn fain ar draws ei fyfyrdod.

'Mr Jones?'

'Ia, Sera?'

'Ma'r Cynghorydd Wynne wedi cyrraedd, Mr Jones.'

'Diolch, Sera. Gyrra fo i fyny.'

Taniodd Sam ei sigâr gyntaf y diwrnod hwnnw a chymryd ei le yng nghadair y ddesg i ddisgwyl Huw Wynne. Ymhen eiliadau agorodd y drws fel petai corwynt wedi chwythu drwyddo. Un o nodweddion Huw Wynne oedd fod ganddo ryw allu rhyfeddol i lenwi pa ystafell bynnag y safai ynddi. Gwnâi hynny'n awr, a chyfarch Sam yn wresog cyn gwasgu'i ffrâm sylweddol i'r gadair gyferbyn.

'Stedda, ar bob cyfri,' meddai Sam.

Crechwenodd y llall. Lluchiwyd pelenni o hiwmor sarhaus am ysbaid yn ôl ac ymlaen ar draws y ddesg cyn i Huw dawelu o'r diwedd i danio'r sigâr fain a gynigiwyd iddo.

'Wel?' meddai'n ddisgwylgar. 'Be' sy' gin ti?'

Plygodd Sam yn araf dros y ddesg.

'Tyddyn Argoed,' meddai.

Crychodd Huw ei dalcen a chwythu cylch o fwg glas.

'Dwy filltir tu allan i Gastellau, ar lôn Llanfair-glan-Alaw,' meddai Sam. 'Lle Wil Merley. Hen ferddun a thair acer o dir. Mae o ar werth.'

Gwawriodd enw'r lle'n sydyn ar wyneb Huw.

'O! ia, siŵr Dduw. Cofio rŵan. Driodd o gael *planning* ar y lle a methu.'

Culhaodd llygaid Sam.

'Ma'r lle'n mynd i ddŵad yn rhad, Huw. 'Fath â baw.'

'I bwy? I chdi?'

Ysgydwodd Sam ei ben.

'Mêt i mi 'di cael ei gynnig o.'

'Be', i'w bori o, felly?'

'Naci. Nid ffarmwr ydi o. Isio bildio mae o.'

'Ond fedar o ddim os nad oes yna . . .'

'Na fedar.' Torrodd Sam ar ei draws â'i lygaid yn fflachio dreigiau. 'Ddim fel mae petha rŵan. Ddim heb ganiatâd cynllunio.'

Chwaraeodd Huw'r sigâr yn feddylgar rhwng ei ddannedd.

'Diawl, Sam. Ma'r lle wedi'i wrthod unwaith.'

'Mae modd dod o hyd i ffyrdd o ddŵad dros ryw hen gnecs felly siawns? Chdi ydi'r un ar y Pwyllgor Cynllunio,' meddai Sam.

Symudodd Huw Wynne ei gorff yn swnllyd yn ei gadair nes bod honno'n gwichian dan ei bwysau.

'Esu, wn i ddim, Sam. Ti'n dallt be' ti'n ofyn i mi 'i neud, yn dwyt?'

Cyrliodd gwefus isaf Sam a gwyrodd ymlaen i bwyso botwm y seinydd.

'Sera, dau goffi,' meddai. Ac yna, yn ailfeddwl, ychwanegodd: 'Na, tyrd â llond pot o beth ffres. A Sera?'

'Ia, Mr Jones?'

'Picia allan i chwilio am dipyn o gacennau hufen go neis i fynd hefo fo!'

★   ★   ★   ★

Roedd y feddygfa'n fyw o besychu a wynebau hir-ddioddefus.

'Mr Eames. Chi ydi'r nesa'.'

Bachodd ar ei gyfle fel petai rhywun wedi'i saethu. Teimlai ei stumog fel petai ynddi lygoden fawr a chanddi ddannedd fel proceri poeth yn cnoi, cnoi, cnoi.

'Ylsar, Tecwyn bach!'

Cyhoeddodd ei ddoctor y newydd yn orfoleddus fel petai o newydd ennill medal. Roedd y sicrwydd yma wedi llorio'i ysbryd o'r diwedd — teimlai bod rhywun yn rhygnu sawdl ei esgid-hoelion-mawr yn ddwfn i'w berfedd.

'Cod dy galon, Tecwyn!' Aethai llais byrlymus y doctor ar ei nerfau. Roedd ei optimistiaeth yn ormod. Swniai fel pe bai o'n siarad hefo plentyn. 'Mi fedran ni reoli petha fel hyn yn rhwydd heddiw, achan! Yn rhwydd iawn hefyd.'

Moddion. Tabledi. Sefyll yn ufudd i ddisgwyl am ei bresgripsiwn misol. Teimlai Tecwyn yn drigain oed. O'i flaen nofiai wyneb y doctor, ei sbectol gron yn sgleinio fel dwy swigen.

'Pwyll rŵan, Tecwyn bach. Ma' rhaid i ti gymryd pwyll. Paid â gwthio gormod arnat ti dy hun.'

Glanhâi'r gwynt oer y siom oddi ar ei wyneb. Bu'n rhaid iddo gyfaddef wrtho'i hun iddo amau beth oedd yn bod arno ers tro. Ond rhywsut fe wnâi'r tamaid papur yn ei law iddo deimlo'n saith gwaeth. Hyd yn hyn bu siop y fferyllydd yn ddieithr iddo. Tiriogaeth Mererid oedd rhyw lefydd fel hyn — bwyd babis a sebonau, ac aroglau persawr yn gymysg â'r glanweithdra antiseptig a dreiddiai o'r stafell gefn. Safodd i aros ei dro gydag amynedd dyn o dan ddedfryd. Meddyliodd am bils, a gorffwys, a physgodyn wedi'i ferwi. 'Paid â gwthio gormod arnat ti dy hun.' Roedd cyngor y meddyg fel llinell allan o ddrama, yn bell ac yn afreal. Ochneidiodd Tecwyn ochenaid herciog, flin o'r gwaelodion lle llechai'r ylsar. Dim ond wrth iddo'i wthio'i hun y byddai ganddo unrhyw obaith o ddod i ben o gwbl. Meddyliodd am ffeiliau ac amserlenni a ffurflenni.

'Naw punt, Mr Eames.'

Aeth i'w boced i dalu am gynhwysion y cwdyn papur gwyn. Byddai arno angen y codiad yn ei gyflog er mwyn gallu fforddio bod yn sâl.

10

Roedd y cyfan yn fêl ar fysedd Lesli Pritchard. Dwylath o ddyn main, danheddog oedd Lesli a'i dafod yn sisyrnu drwy bawb a phopeth. Dyna pam yr ofnai'r plant yn yr ysgol ei awdurdod geiriol, a'i gasáu — roedd yna ymylon pigog i'w sarhad ohonynt a dorrai fel cyllell lli-gadwyn. Llithrai'r sbeit yn felys dros ei dafod ac roedd o'n straegar fel dynes.

Roedd o felly rŵan — yn lluchio briwsion ei stori i enau'r lleill, yn twymo'u diddordeb yn dameidiog, gelfydd.

'Lle dudist ti i ti 'u gweld nhw?' Bron nad oedd Huw Ffarmwr yn llyfu'i weflau.

Roedd y cylch caeëdig o fwg sigarét a siarad pêl-droed lle'r eisteddai hoelion wyth staff Ysgol Glannau Alaw — selogion y Clwb Golff a phencampwyr tîm dartiau'r 'Carw Gwyn' yn ddethol yn eu plith — yn canu fel cwch gwenyn.

'Yn ei gar o,' meddai Lesli. 'Yn y *Merc* mawr ffansi 'na. Pôsar diawl!' Llyncodd gegiad o fwg *Silk Cut* i'w ysgyfaint.

'Ia, ond yn lle?' plagiodd Huw.

'Maes parcio'r Castellau Arms.'

'Whiw!' chwibanodd O.D. 'Dipyn o jansiwr, dydi? Mi fasach chi'n meddwl y basa fo'n crwydro dipyn bach pellach oddi wrth ei batsh fo'i hun i 'neud mistimanars!'

'Dyna fyddi di'n 'i 'neud, ia, O.D.?'

Cododd y chwerthin cras uwchben y cylch yn un ebychiad swnllyd.

'Ganol pnawn,' meddai Lesli wedyn. 'Gefn dydd golau. Mi oedd ei dafod o yn ei chorn gwddw hi!'

'Be' oeddat ti'n da allan ar bnawn Iau a hithau ddim yn wyliau, ta?' heriodd Huw Ffarmwr yn gyhuddgar.

'Sgeifar diawl!' meddai O.D.

'Dentyst!' meddai Lesli'n ffug-amddiffynnol.

'O, ia, siŵr Dduw!' meddai Huw. 'Ers pryd maen nhw 'di dechra rhoi *fillings* mewn dannedd gosod?'

Ymunodd y lleill â chlochdar O.D. Pawb ond Eric. Rhyfeddai pa mor fregus oedd eu teyrngarwch i Tecwyn. Roedd stori Lesli'n ddifyrrwch pur iddyn nhw, yn peri iddyn nhw udo am ychwaneg fel teriars â blas gwaed yn gynnes ar eu gweflau nhw. Am ryw reswm, doedd yr hyn a glywodd ddim gymaint â hynny o syndod iddo. Gwyddai'r ardal benbaladr, wrth gwrs, am orchestion carwriaethol Sam Arfon. Roedd rhyw naws chwedlonol bron i'r rheiny, gan mor niferus y straeon a ledaenid amdano. Disgwylid pethau felly gan Sam. Ond Mererid Eames. Dyna oedd sgŵp Lesli i'r hogiau. Ac eto, meddyliodd Eric, bu yna ryw aflonyddwch yn perthyn i gymeriad y ferch yna ers iddo fo'i hadnabod hi erioed. Cofiai bytiau bach o bethau, y dillad tynn, y wên binc, bryfoclyd, yr hen ginio Nadolig hwnnw yn y Clwb Criced dro'n ôl . . . Na, doedd Eric ddim yn synnu. Gresynu yr oedd o. Dyna'r cyfan. Gresynu. Dros Tecs. Ei benbleth dirdynnol ef rŵan oedd penderfynu a ddylai ddweud wrtho fo cyn i un o'r lleill fachu ar y cyfle. Ond wedyn, os oedd Lesli Pritchard yn gwybod, mae'n debyg fod y stori'n dew ac yn denau ar hyd strydoedd Llanfair-glan-Alaw erbyn hyn. Heliodd Eric ei bac, ei baced sigaréts yn ffurfio sgwaryn amlwg, tynn ym mhoced brest ei grys. Dyma'r tro cyntaf ers cyn cof iddo'i chychwyn hi am wers gyntaf y prynhawn o flaen pawb arall a hynny bum munud cyfan cyn caniad y gloch.

*   *   *   *

'Dwyt ti ddim yn mynd i farw hefo fo, sti!' brathodd Mererid.

Roedd hwyl ddrwg arni. Rhywbeth y daethai Tecwyn i arfer ag ef yn ystod y misoedd diwethaf. Gwgodd hithau arno dros ymyl ei chwpan goffi. Aethai bron pob ystum a symudiad o eiddo'i gŵr ar ei nerfau rŵan. Ni allai edrych arno heb ei gymharu â Sam. Sylwodd yn iawn am y tro cyntaf faint o bwysau yr oedd Tecwyn wedi'i golli ers dechrau'r haf ac fe'i prociwyd hi'n sydyn gan bwl o gydwybod. Roedd y ffisig yr oedd o newydd ei lyncu wedi gadael rhimyn bach llaethog ar hyd ei wefus uchaf.

'Rhaid i mi styrio,' meddai wrthi. Wnaeth o ddim edrych arni, dim ond ar y cloc.

Ac yna roedd hi'n ddistaw yn y gegin a hithau'n gwrando am sŵn injan y car yn chwyrnu o flaen y tŷ. Wyth o'r gloch. Rhy gynnar o lawer i ddanfon Esyllt i'r ysgol. Gallai glywed synau'r ferch fach yn ei difyrru'i hun yn treiddio'n ysbeidiol i lawr o ben y grisiau. Sbel fach o siarad yn fyrlymus â hi ei hun ac yna distawrwydd a sŵn siffrwd a chwilota. Gwenodd Mererid er ei gwaethaf. Gwisgo'r ddol yr oedd hi, siŵr o fod. Am ryw reswm

rhuthrodd y dagrau'n boeth i'w gwddf. Pe bai hi ar ei
phen ei hun yn y tŷ fe fyddai wedi crio.

Doedd hi ddim wedi gweld Sam ers dyddiau. Pwysau
gwaith, meddai o. Roedd o wedi ffonio i ddweud wrthi.
Hiraethai amdano nes bod ei hangen yn boen corfforol
iddi. Hoeliodd ei llygaid ar y ffôn yn ei fraced ar y wal
o'i blaen. Siawns na fyddai o ddim wedi cychwyn allan
eto. Crynodd drwyddi wrth gydio yn y derbynnydd. Pe
bai hi ddim ond yn gallu cael gair sydyn ag o. Er mwyn
cael gwybod pryd fyddai'r tro nesaf. Gair bach. Dduw
Mawr, roedd yn rhaid iddi; doedd ganddi ddim dewis.

★   ★   ★   ★

Cliciodd y derbynnydd yn syth yn ei ôl i'w le yr ochr
arall heb i neb yngan gair. Teimlai Gwen yr hen
anesmwythyd yn diferu drosti. Trodd i wynebu Sam fel
y deuai yn ei ôl i'r llofft o'r stafell ymolchi. Cydiodd
ynddi'n chwareus wrth wthio heibio iddi. Gallai hi arogli
past dannedd arno, yn gymysg â'r persawr siafio arferol
— yr un a brynasai hi iddo'n ddeddfol. Wnaeth hi ddim
ymateb i'w gellwair.

'Sam,' meddai.

Trodd i'w hwynebu, yr awdurdod meddal yn ei llais
hi'n ei sadio, fel y gwnâi bob tro.

'Mi wyt ti wrthi eto, yn dwyt?'

Ni fu Sam Arfon erioed mewn cariad â'i wraig.
Theimlodd o erioed mo'r wefr beryglus, boenus honno,
na phrofi'r gybolfa wyllt o'i fewn hefo Gwen. Ond,
ferchetwr digywilydd ag yr oedd o, cawsai ganddi hi
sefydlogrwydd i'w fywyd. Roedd hi'n meddu ar y ddawn

famol honno o'i gysuro a'i dawelu, ac yn ei ffordd esgeulus, ddiegwyddor ei hun roedd o'n barchus ohoni.

'Wel? Atab fi, Sam.' Daliai hi i siarad yn isel a thyner. Felly roedd hi wedi arfer â gwneud. Gwyddai hi mai'r tynerwch hwn oedd yr unig arf oedd ganddi i dyllu i'w gydwybod.

'Pwy ydi hi'r tro yma?'

Wadodd o ddim byd. Safai Gwen o'i flaen, ei chorff noeth yn amlwg drwy'i choban. Roedd y blynyddoedd wedi aeddfedu'i chluniau a'i bronnau ond parhâi ei gwasg yn fain o hyd. Teimlodd Sam ei lwynau'n cyffroi er ei waethaf wrth edrych arni.

'Mae o drosodd, Gwen,' meddai'n syml. 'Wedi gorffen.'

'Tan tro nesa,' meddai hithau. Ond doedd yna ddim chwerwder yn ei llais, dim ond tristwch.

'Pam wyt ti'n 'y ngoddef i, Gwen?'

Roedd o'n sibrwd bron. Gwen oddefgar, ddi-gŵyn. Pam roedd o'n bychanu ei theyrngarwch hi dim ond trwy fod yn rhy farus? Ond roedd hi'n estyn ei breichiau iddo, a chollodd yntau'i wyneb yn ei meddalwch hi. Hon oedd ei gryfder o, mam ei blant.

'Ti'n rhy dda i mi, Gwenno fach,' meddai. Ac yn ystod yr eiliadau hynny roedd o'n ddiffuant. Mygwyd ei higiadau crynedig wrth iddo'i gwasgu ato ac yna fe blygodd a'i chodi hi, a'i chario yn ei hôl at y gwely.

*   *   *   *

'Blydi hel, Eric! Feddyliais i erioed y basat ti o bawb yn rhoi coel ar ryw hen glecs fel'na!'

Ond roedd rhyw chweched synnwyr yn siarsio Tecwyn i gredu'r cyfan. Gwawriodd digwyddiadau'r misoedd diwethaf yn llwyd yn ei lygaid. Gorfod nôl Esyllt o'r ysgol un bore pan gafodd hi'r hen bwl taflu-i-fyny hwnnw a neb ohonyn nhw wedi medru cael gafael ar Mererid ar fyr rybudd. A Mererid wedyn yn esgus mynd i wneud apwyntiad gwallt ac yn ymddiheuro'n euog a dweud ei bod hi wedi mynd i hel ei thraed i dŷ ffrind. Gwelai drwy'i chelwydd hi rŵan ond doedd y sylweddoli'n gwneud dim ond cymylu'i lygaid. Ni theimlasai'n wirionach, nac yn fwy syn, pe bai Eric wedi rhoi swadan iddo ar draws ei wyneb hefo cadach gwlyb.

'Sori, achan, Tecs 'rhen fêt,' meddai Eric.

Roedd y dafarn yn llenwi fesul deuoedd a thrioedd. Edrychai Tecwyn yn sur ar ddwy o ferched paentiedig wrth y bwrdd gyferbyn a meddyliodd am yr holl golur a phersawr a'r ffigiarins diwerth a brynasai Mererid iddi hi 'i hun yn ddiweddar. A'r blydi blwmar les hwnnw. Pe na bai'n teimlo mor ddigalon byddai wedi gallu chwerthin. Sut na fyddai wedi sylweddoli bryd hynny? Dillad isaf mewn sidan a les — ac i beth? Wisgodd hi erioed mohonyn nhw yn ei gwely, meddyliodd yn sarrug a sylweddolodd wedyn nad oedd o wedi cyffwrdd ynddi hi ers wythnosau.

'Mi gân sbort iawn am 'y mhen i rŵan, y blydi lot ohonyn nhw. Os nad ydyn nhw wrthi'n barod.'

Cododd Eric rownd arall. Roedd hynny'n ei arbed rhag dweud rhyw lawer.

'Hwda,' meddai. 'Bodda nhw, washi. A'r blydi ylsar 'na'r un pryd!'

'Mi fasa'n haws i bawb taswn i'n boddi'n hun.'

'Arglwydd Mawr, paid â dechra mynd i siarad fel'na!'

Roedd consyrn Eric yn ymylu ar fod yn ddoniol yn ei daerineb. Mentrodd Tecwyn wên ddyfrllyd.

'Paid â phoeni, Eric. Mi fasa isio gyts i 'neud peth felly,' meddai.

Yn sydyn, ni wyddai Tecwyn sut yr âi yn ei ôl i'r tŷ a'i hwynebu hi. Beth oedd rhywun yn ei wneud mewn sefyllfa o'r fath? Cyhuddo, ffraeo, anwybyddu? Beth? Ynteu gwrthod credu'r cyfan? Beth pe na bai Eric wedi dweud wrtho heno . . .? A beth petai'r cwbl yn ddim ond cyfuniad o glecs gwag a'i ddychymyg aflonydd ef ei hun? Wedi'r cyfan, mi oedd o wedi bod yn gor-wneud pethau'n ddiweddar, a doedd yr hen firi 'ma hefo'i stumog ddim wedi helpu dim ar bethau . . .

Clepiodd drws y dafarn yn swnllyd a daeth O.D. i mewn, a Huw Ffarmwr i'w ganlyn, diferion o law'n tasgu oddi ar eu cotiau nhw.

'Hen noson fudur, 'chan,' meddai O.D. ar dop ei lais, wrth bawb ac wrth neb 'run pryd. 'Duw, Eric, achan. A Tecs.'

'S'mai, hogia?' meddai Huw Ffarmwr. 'Wneith hi ryw beint, ta 'dach chi'ch dau'n iawn?'

Rhyfeddodd Eric at allu'r hogiau i gymryd arnynt nad oedden nhw'n gwybod dim. Yr un tynnu coes a'r miri ac eto tybiodd Eric fod Tecwyn, fel yntau, yn darllen cyfrolau i'r hyn nad oedden nhw wedi meiddio ei grybwyll.

'Na, rhaid i mi fynd.' Synnodd Tecwyn at gadernid ei lais ei hun. 'Diolch i chi'r un fath, hogia. Isio cychwyn yn handi fory. Cwrs penwythnos tua'r Llandrindod 'na.'

Egluro'n llawn iddyn nhw. Fel petai o'n eu dyffeio nhw i gyd i ofyn pwy fyddai'n edrych ar ôl ei wraig tra oedd o oddi cartref. Ond wnaeth neb.

11

Fe'i galwodd o'n 'ti' o'r cychwyn. Estynnai ei hagos-atrwydd hi trwy'r niwlen hunan-amddiffynnol yr oedd Tecwyn wedi ceisio'i gwau amdano'i hun.

'Chdi ydi Dirprwy Brifathro newydd Ysgol Glannau Alaw, yntê?'

Roedd rhyw gynhesrwydd afieithus yn perthyn iddi ond roedd berw gwyllt ei feddwl yn ei rwystro rhag closio ati'n rhy fuan.

'Ie, dyna chi.' Ni allai ddadmer y ffurfioldeb parchus a fynnai ymwthio trwy'i eiriau.

'Llongyfarchiadau. Sut mae'r tymor cyntaf fel Dirprwy yn plesio?'

'Prysur.'

'Mi wnest ti'n dda. Mi oedd yna hen gystadlu am y swydd, glywis i.'

'Oedd, mae'n debyg.' Ond doedd gwragedd 'run o'r lleill ddim wedi gallu cynnig yr un fantais iddyn nhw, meddyliodd yn chwerw. Cuddiodd ei chwithdod gyda gwên ddiymhongar.

'Mae'n ddrwg gen i, ond sylwais i ddim ar eich . . . ar dy enw di gynnau.'

Er ei waethaf roedd yna rywbeth ynglŷn â hon a barai iddo ddechrau ymlacio.

'Dilwen Rees, Ysgol Gelli Eurgain,' meddai.

'Dirprwy?' Doedd ganddo fawr o glem ynglŷn ag ysgolion siroedd eraill. Ar adegau fel hyn roedd ei newydd-deb i'r swydd yn peri iddo deimlo'n chwithig.

'Athrawes hŷn,' meddai, a'i llygaid hi'n dawnsio'n beryglus. 'Nid fy mod i'n "hen" yn yr ystyr hwnnw chwaith, cofia!'

Roedd hi'n ddeg ar hugain ac yn uchelgeisiol a'i haddewid hi wedi'i amlygu'i hun yn gynnar yn ei gyrfa. Dringasai'r ystol yn gyflym â'i llygaid ar ddyrchafiad pellach. Edmygai Tecwyn ei hargyhoeddiad — roedd hi'n farus mewn ffordd frwdfrydig, gystadleuol.

'Dwi wedi dysgu un peth,' meddai Dilwen. 'Os wyt ti isio rhywbeth mae'n rhaid i ti ei 'nelu hi'n syth amdano fo, deud wrthat ti dy hun — "Dwi am gael hwnna!" ac mi cei di o!'

'O? Petha mor hawdd â hynny, ydyn nhw?'

Allai Tecwyn ddim maddau i'r demtasiwn bellach. Roedd y direidi yn ei llygaid ac yn nhro ei gwefusau yn ei wahodd i dir peryglus. Roedden nhw eisoes wedi cael hyd i fwrdd bach i ddau yng nghornel bella'r bar. Jin oedd ei diod hi, ac ynddo'r jóch lleiaf o'r botel donic fechan. Gweddai'r ddiod, a'i sigarét, i'w natur hi, i'r penderfyniad caled hwnnw ynddi a oedd bron â bod yn ddynol. Gresynai ei bod hi'n nos Sadwrn yn barod, ac yntau ddim ond newydd daro arni. Dywedodd hynny wrthi.

'Ond ma' gynnon ni heno ar ei hyd,' meddai Dilwen. 'Heb ei gyffwrdd. Yn does, Tecs?'

Edrychodd arni, ar y gwallt golau cwta, bachgennaidd a llinellau synhwyrus y gwefusau llydan, llawn a gadawodd i'w geiriau ei rwydo'n braf. Cyffyrddodd ei phen-glin yn ysgafn â'i goes yntau o dan y bwrdd bach crwn.

Syllodd Dilwen yn ddiwyro i'w lygaid o.

'Mae 'na ddigonedd o amser, Tecs,' meddai. 'Faint fyd fynnir. Ma'r nos yn para nes ei bod hi'n dechra goleuo, wyddost ti.'

★   ★   ★   ★

Galwodd Sam yn y tŷ fore Sadwrn. Gwyddai ei fod o'n mentro. Gwyddai hefyd fod Tecwyn Eames ar gwrs yn Llandrindod tan hanner dydd drannoeth. Ac roedd o wedi dod yng nghar Gwen. Doedd hwnnw ddim yn gar i dynnu sylw. Doedd hi eto'n ddim ond chwarter i naw — roedd Sam yn gyfrwys; byddai'r rhan fwyaf o berchnogion y tai crachaidd o gwmpas â'u pennau'n swat o dan eu cynfasau tan ganol bore. Y rhain oedd pobol y patios a'r Volvos, pobol a wnâi frecwast hwyr yn ginio cynnar ac a arferasant sancteiddio'u hirgwsg Sadyrnaidd.

Agorodd Mererid y drws iddo, yn gwbl noeth o dan ei gwnwisg sidanaidd. Pan sylwodd hi ar y Metro bach glas yn tynnu i mewn i'r dreif chwiliodd yn frysiog o'i chwmpas am ddilledyn gweddus. Dim ond ar ôl sylweddoli pwy yn union oedd ei hymwelydd y penderfynodd yn hytrach ddiosg y goban a wisgai o dan ei gwnwisg denau. Synnwyd hyd yn oed Sam gan ei phowldrwydd yn ymddangos mewn gwisg a weddai'n well i ffilm Ffrengig nag i swbwrbia Seisnigaidd Llanfair-glan-Alaw. Ond ddangosodd o ddim iddi gymaint oedd yr argraff boreol cyntaf hwnnw wedi'i gynhyrfu. Roedd hi'n sefyll o'i flaen o, y wisg fflimsi, awgrymog yn cuddio dim ar ei hansicrwydd hi. Gadawodd Sam i'w lygaid grwydro'i chorff hi'n farus am y tro olaf. Syllodd ar y mwng o wallt Sipsïaidd trwchus yn tonni'n afreolus hyd at hanner ei chefn. Hyd yn oed heb ronyn o golur, a'r cwsg newydd ei rwygo'n frysiog o gorneli'i llygaid, roedd hi'n ferch drawiadol. Glynai'r sidan wrth ymchwydd ei bronnau cyn disgyn i'r llawr yn llen llaethog tryloyw. Llusgodd Sam ei lygaid oddi wrthi cyn i'w benderfyniad ddechrau gwegian.

'Ti'n mynd i ista, ta?' meddai Mererid. Disgwyliasai iddo'i chymryd hi yn ei freichiau. Crynai gan siom.

'Pam na roi di rwbath amdanat? Ma' golwg jest â rhynnu arnat ti!'

Tynnodd felt ei gwnwisg yn dynnach am ei chanol, ei hanghrediniaeth yn peri iddi grynu fwyfwy. Roedd o eisoes wedi tanio sigarét, yn rhoi mwy o sylw i hynny nag iddi hi. Gwisgai esgidiau llydan, meddal a siwmper wlân ag arni batrwm cris-croes o ddiemwntau ar ei thu blaen — lifrai'r golffiwr ymroddedig. Ofnai Mererid ei fod o'n edrych ar ei wats yn fwriadol i'w hanesmwytho hi ac eto roedd hi wedi amau oddi wrth ei ddillad o beth oedd ystyr y brys. Mentrodd ymlacio rhyw ychydig a theimlo'n freintiedig ei fod o wedi rhoi'i amser i ddod i edrych amdani fel hyn — ac wedi dod allan o'i ffordd hefyd. Roedd y maes golff yr arferai Sam Arfon ei fynychu wyth milltir i'r cyfeiriad arall.

'Wyt ti isio coffi?'

Gwasgodd Sam drwyn ei sigarét i'r soser lwch wrth ei benelin gyda mwy o rym nag oedd ei angen. Gwelodd Mererid arwyddocâd yn ei ystum, a rhewodd.

'Nag oes, 'nghariad i. Dydw i ddim isio coffi. A deud

y gwir wrthat ti, cyw, does arna i ddim isio affliw o ddim byd gin ti.' Pwyllodd er mwyn rhoi cyfle i'w eiriau. 'Affliw o ddim byd. Ddim rŵan na byth eto. Heblaw llonydd, wrth gwrs.'

Eisteddodd Mererid yn drwm ar flaen y gadair freichiau agosaf. Prin y gallai hi siarad; roedd ei thafod yn sych grimp.

'Ti'n gorffan petha, felly?' meddai.

'Chdi ddaru orffan petha, blodyn. Mynd yn rhy farus wnest ti, te? Methu maddau, nag oeddat? Doedd na'm digon i ti i'w gael. "Pryd wela i di eto, Sam? Ga i dy weld di amsar cinio, Sam? Pryd fedri di'n ffonio fi, Sam?" A'r hogan bach yn dechra gneud niwsans ohoni'i hun wedyn. Mi wnest fistêc, pishyn. Mistêc mawr. Ti'n gweld, fedra i ddim gneud hefo genod bach sy'n swnian.'

Edrychodd Mererid arno mewn llesmair bron. Roedd ei danchwa gwatwarus wedi'i gadael hi'n fud.

'Mae o drosodd, Mererid.' Roedd ei lais o'n dynerach rŵan ond yn dal heb fawr o emosiwn ynddo. 'Gawson ni dipyn o hwyl, dipyn o sbort. Ac roedd o'n neis iawn hefyd — tra parodd o. Ti'n gwbod sut i blesio dyn, mi ro i hynny i ti!' Gwyddai'n burion sut i frifo. 'Ond mae o drosodd rŵan. Ti'n dallt? Wedi darfod. Ffinito.'

Beth oedd o'n ei feddwl oedd hi? Dwl ynteu byddar? Brathodd ei gwefus yn galed ac ewyllysio'r urddas oedd ganddi'n weddill i'w geiriau:

'Dos 'ta,' meddai'n dawel. 'Mi wyddost lle mae'r drws.'

Arhosodd hithau yn y gadair am hir, hir a'r chwant yn troi'n gnotyn bach caled o gas perffaith, yn suro'i llwnc ac yn gwneud iddi deimlo'n fudr a gwag.

*   *   *   *

Roedd Esmor Huws yn tynnu'i glybiau golff o'r bŵt pan gyrhaeddodd Sam y maes parcio.

'Wnes i ddim 'nabod y car newydd,' cellweiriodd Esmor.

Gwenodd Sam wên fach dynn, ond chynigiodd o ddim esboniad.

'Mae hi'n braf cael bod ar y cwrs yn gynnar fel hyn,' meddai Esmor wedyn. 'Ma' dyn yn cael llonydd i feddwl ar gwrs golff gwag. Ac i drafod, wrth gwrs.'

'Yn y bore ma' 'i dal hi,' meddai Sam.

Disgwyliodd Esmor nes bod y ddau ohonyn nhw allan ar y maes cyn dechrau holi.

'Gobeithio dy fod ti'n dallt faint o drafferth ges i hefo hyn, Esmor.' Siaradai Sam yn isel, ei lygaid ar y bêl, ond roedd Esmor yn adnabod y dur yn ei lais o bellach.

'Purion, gyfaill. Mae arna i gymwynas fawr i ti.'

Meddyliodd Sam am ei ddyled yntau i'r Cynghorydd Huw Wynne. Nid bychan fyddai'r siâr a fynnai yntau chwaith. Cododd ei ben ac edrych i wyneb Esmor.

'Ydi Wil Merley wedi bod ar d'ôl di wedyn? Ynglŷn â thir Tyddyn Argoed?'

'Mi ddudis i y baswn i'n gadael iddo fo wybod.'

'Wel, rŵan ydi dy gyfle di. Cyn y cyfarfod nesaf o'r Pwyllgor Cynllunio. Mi gei di dy ganiatâd dim ond i ti gadw petha'n reit ddistaw a symud yn go handi.'

Rhan Esmor o'r talu'n ôl, wrth gwrs, oedd rhoi'r gwaith o gynllunio'i dŷ newydd yn nwylo medrus — a drud — 'S. Arfon Jones a Roberts, Penseiri'.

'Mi ddudis i wrth Wil Merley y down i i gysylltiad cyn pen y mis,' meddai Esmor.

'Mi faswn i'n mynd yno'r pnawn 'ma, taswn i yn dy

sgidia di,' meddai Sam yn gynnil. 'Faswn i ddim yn trystio'r diawl dim ond cyn belled ag y gwelwn i o. Dwi 'di clywad ei fod o wedi cael dau gynnig arall am y lle'n barod!'

Doedd o ddim, wrth gwrs. Ond roedd o'n ddigon i Esmor fethu'i siot.

★   ★   ★   ★

Roedd yna aroglau coginio lond y tŷ. Nionod ac eidion a gwin coch.

'Mi rois i Esyllt yn ei gwely'n gynnar,' meddai Mererid. 'I ni gael llonydd. Sut hwyl gest ti ar dy gwrs?'

Rhoddodd y croeso annisgwyl a gawsai Tecwyn ysgytwad iddo.

'Dos drwodd i ista. Fydd bwyd ddim yn hir,' meddai.

Teimlodd Tecwyn ei fod o wedi cerdded i mewn i freuddwyd. Gwyrodd ei ben a chusanu'i gwallt hi'n brennaidd, ei feddwl yn gymysgfa flêr. Roedd hi'n nefoedd, a Mererid fel petai rhywun wedi pwyso botwm arni'n rhywle a'i gwneud hi fel y bu hi ers talwm. Ac yntau wedi gwrando ar Eric, ar ei synnwyr cyffredin, ar yr arwyddion camarweiniol i gyd. Eisteddodd yn ôl yn ei gadair a chwilota am y bocs bach er mwyn rhoi'r teledu ymlaen, ac ymladdodd i wthio euogrwydd y penwythnos i gefn ei feddwl. Ac yna fe'i gwelodd. Y stwmp sigarét wedi'i rygnu'n hyll i'r ddysgl fach wydr. Yn sydyn teimlai fel petai rhywun wedi rhoi'i fys ar swits golau yn ddwfn yn ei ymennydd.

Roedd hi wedi gosod y bwrdd yn ddel ar gyfer y ddau ohonyn nhw. Fel tŷ bwyta. Gwydrau gwin. Rhosyn mewn fas hir, main, yn hardd ac yn berffaith ac yn gwneud hwyl am ei ben. 'Run fath â Mererid ei hun.

'Yr ast!' poerodd yn sydyn. 'Yr hen ast fach hwrllyd!' Nid ei lais ef oedd o. Nid llais Tecwyn addfwyn, oddefgar. Nid llais y bôi hefo'r ylsar. Meddyliodd am neithiwr, am gorff Dilwen a'i gwefusau barus yn ildio i'w gyffyrddiad a chwalodd y cyfan oddi ar y bwrdd o'i flaen â chefn ei law.

'Chdi a dy blydi rhosyn!' meddai, a rhygnu'i sawdl i feddalwch y pen coch fel petai o'n sathru cocrotsien. Ond sathru'i orffennol yr oedd o, sathru'r rhwystredigaeth oedd wedi dal ar ei anadl ers wythnosau. Ac roedd y sarff yn ei berfedd wedi rhoi'r gorau i gnoi fel petai rhywun wedi rhoi'i sawdl ar ei chorn gwddw hithau hefyd. Edrychodd ar y llanast o win coch a gwydr o gwmpas ei draed. Roedd Mererid wedi suddo'n sypyn dagreuol i'r gadair o'i flaen, a safai yntau uwch ei phen, y gwydrau gwin yn crensian o dan ei esgidiau fel cregyn glan-y-môr.

12

Gadawodd Esmor Huws apwyntiadau'r diwrnod yn ddi-rybudd yn nwylo Tecwyn.

'Mae o wedi gorfod mynd allan heddiw,' meddai Jên Glên yn dywyll. 'Cyfarfod pwysig.'

Gwyddai Tecwyn nad oedd yna'r un cwrs prifathrawon wedi'i drefnu. Ond doedd Jên yn datgelu dim. Amheuai Tecwyn a wyddai hithau i sicrwydd i ble'r aethai'r Prifathro y diwrnod hwnnw ond roedd ei theyrngarwch iddo'n glod iddi. Hyd yn oed pe gwyddai hi ei fod o wedi mynd allan i lofruddio rhywun, go brin y byddai hi'n sibrwd gair wrth neb. Am ennyd cenfigennodd Tecwyn wrth Esmor am fod ganddo warcheidwad mor ffyrnig o driw â Jên.

Roedd hi'n nesu at wyliau'r Pasg, a theimlai Tecwyn o'r diwedd ei fod o wedi dechrau ymgartrefu yn ei swyddfa fach. Edrychai'n fodlon o'i gwmpas rŵan, ar flerwch braf ei ddesg, y carped bondigrybwyll, a hyd yn oed y planhigyn a roddasai Mererid iddo fisoedd maith yn ôl. Mygodd ochenaid. Ni allai ddileu popeth amdani o'i fywyd. Nac o'i feddwl ychwaith. Doedd o ddim yn hollol siŵr a oedd o'n dymuno hynny p'run bynnag. Bellach doedd y cofio ddim yn brifo gymaint. Y peth anoddaf oedd gorfod byw heb Esyllt. Roedd o wedi mynnu'i gweld hi'n wythnosol ers iddo fo a Mererid wahanu ond doedd hynny ddim 'run fath. Teimlai fel ewythr clên yn hytrach na thad. Hwnnw oedd y cwmwl duaf. Roedd y gweddill yn haws o'i gymharu â cholli cwmni'r eneth fach — y distawrwydd, y llestri budron, annibendod y fflat fach wag — dysgasai'n reddfol sut i ddygymod â'r rheiny.

' 'Dach chi'n barod i fynd drwyddyn nhw, ta be'?' cyfarthodd Jên Glên o'r drws. 'Apwyntiadau'r Prifathro. Ma'r bobol ma'n disgwyl. Dwi wedi egluro iddyn nhw y bydd rhaid iddyn nhw fodloni arnoch chi heddiw, Mr Eames!'

Er ei waethaf ymdebygasai Jên a'i harthio iddo fel cymeriad o gartŵn erbyn hyn a gwenodd yn fewnol. Efallai 'i bod hi'n hen siswrn ond roedd y cyfan i gyd ar yr wyneb.

Eisteddai Gareth Merley a'i dad ar y cadeiriau plastig yn y coridor bach tu allan i'r drws. Roedd golwg anniddig ar y bachgen. Gwisgai grys-T a jîns yn hytrach na'i wisg ysgol arferol.

'Garech chi ddod i mewn, Mr Merley? Gareth?'

Ddywedodd y tad yr un gair o'i ben ond gwenodd y bachgen yn ddiolchgar ar Tecwyn.

'Diolch, Syr,' meddai. Tybiodd Tecwyn iddo weld rhyddhad ar ei wyneb oherwydd nad Esmor Huws a'u derbyniodd.

Amneidiodd Tecwyn arnyn nhw i eistedd drachefn. Nid gan ei dad yr oedd y bachgen wedi dysgu cwrteisi, roedd hynny'n amlwg. Dyn bychan, surbwch yr olwg oedd Wil Merley. Eisteddai'n syllu'n syth o'i flaen, llinellau 'i wyneb wedi rhewi'n ystum o wgu parhaus. Y cymar perffaith i Jên Glên, meddyliodd Tecwyn. Cliriodd ei wddw'n gyflym.

'Be'n union ydi'r broblem, Mr Merley?'

Yn ei fyw ni allai Tecwyn gofio'r un helbul i Gareth Merley fod ynddo erioed. Doedd o ddim yn un o'r rafins arferol. Ond roedd hi'n amlwg mai ar gownt y bachgen y daethai Wil Merley i'r ysgol.

'Lle mae O heddiw, 'ta?'

'Ma' ddrwg gin i?'

Roedd y cwestiwn wedi llithro'n annisgwyl o enau'r dyn bach a bygwth llorio Tecwyn cyn i'r sgwrs ddechrau.

'Y blydi hedmastar 'na, siŵr Dduw! Gwbod 'mod i'n dŵad yma roedd o, ma' siŵr.'

Roedd Wil mor bigog â chlawdd drain a'r un mor anodd torri trwyddo.

'Dydw i ddim hefo chi rŵan, Mr Merley.'

Edrychai'r bachgen yn hynod o anghysurus ond yn lle ymhelaethu newidiodd Wil drywydd y sgwrs.

'Dwi'n tynnu'r hogyn 'ma o'ma. Mae o'n ddigon hen. Mi geith fadal Pasg!'

Gwridodd y bachgen ac edrych ar ei draed, a theimlai Tecwyn ewynnau'i gorff ei hun yn tynhau. Pam roedd y plant mwyaf didrafferth yn aml yn cael eu melltithio â rhieni mor afresymol?

'Ma' gin i berffaith hawl,' meddai Wil wedyn. Roedd tôn ei lais yn ymosodol, yn herio Tecwyn i anghytuno. Cododd yntau i'r abwyd, anesmwythyd y bachgen yn ei annog yn ei flaen.

'A beth am ei arholiadau fo, Mr Merley? Ma'r pumed i gyd yn 'madael Sulgwyn beth bynnag. Pam difetha dyfodol yr hogyn ar gownt rhyw 'chydig o wythnosau?'

'Be' ydi o i chi?' meddai Wil.

'Dim byd i mi'n bersonol,' atebodd Tecwyn. Cyfarfu

eu llygaid am y tro cyntaf. 'Ond mae o'n golygu'r cyfan i Gareth. Mae o'n fachgen peniog, cydwybodol, Mr Merley. A maddeuwch i mi am ddeud hyn, ond dwi'n credu bod ei addysg o rŵan yn bwysicach nag unrhyw fympwy ar eich rhan chi ynglŷn â'i dynnu o'r ysgol cyn pryd!'

Ofnodd Tecwyn am ennyd fer ei fod o wedi mynd yn rhy bell ond daeth golwg sorllyd i wyneb Wil Merley fel bachgen ysgol wedi cael ffrae. Gostyngodd ei lygaid:

'Ediwcesion, wir Dduw. Gormod o blydi ediwcesion ma'r hen hedmastar diawl 'na wedi'i gael!'

Phwysodd Wil ddim rhagor ar ei ddadl, dim ond syllu o'i flaen, ei anniddigrwydd yn gysgod du ar draws ei wyneb. Tybiai Tecwyn fod y cyfan yn dechrau gwneud rhyw gymaint o synnwyr. Y Prifathro oedd odani gan Wil drwodd a thro, nid yr ysgol na'i fab ei hun. Ni allai Tecwyn amcanu beth oedd asgwrn y gynnen rhwng Esmor Huws a Wil Merley. Roedd o'n rhywbeth personol, roedd hynny'n amlwg ond ni allai Tecwyn yn ei fyw ddychmygu sut y buasai llwybrau'r ddau wedi croesi o gwbl ar wahân i'r ffaith fod Gareth yn ddisgybl yn yr ysgol. Oni bai am hynny doedd y ddau ddim yn perthyn i'r un byd. Ond nid dyna oedd ei gonsyrn ef ar hyn o bryd. Ei ddyletswydd rŵan oedd diogelu addysg Gareth. Gwelodd fod Wil Merley wedi tawelu. Doedd o ddim yn ddyn anodd ei drechu wedi i'w dymer chwythu'i phlwc. Hen wylltineb pigog oedd ei gryfder o i gyd; diolchodd Tecwyn na feddai Wil ar fawr o allu ymenyddiol — gallai cyfuniad o'r ddeubeth fod yn ddeifiol. Trawodd yn gyflym tra oedd yr haearn yn dechrau twymo.

'Mr Merley, os oes gynnoch chi unrhyw feddwl o gwbwl o'ch mab . . .'

Cododd Wil ei ben fel petai rhywun wedi'i frathu a gwelodd Tecwyn y gwendid. Tewach gwaed ar ddiwedd y dydd a diolch i'r Drefn am hynny'n aml. Aeth Tecwyn ymlaen rŵan a'i nerth yn ailgynyddu fel rhedwr trawsgwlad yn dod i olwg y ruban: '. . . a dwi'n berffaith siŵr ei fod o'n gannwyll eich llygad chi, a wir, mae o'n glod i chi ac i'w fam . . .'

Arafodd Tecwyn yn effeithiol fel areithiwr ar lwyfan a llenwodd llygaid Wil Merley.

'Peidiwch â gadael i'r hogyn gael cam, Mr Merley, da chi. Mae o'n gredyd i chi, ac mi fydd eto, ond i chi beidio mynd â'r cyfle yma oddi arno fo.'

Gwrthododd Wil goffi. Te oedd o'n ei yfed, beth bynnag, a hyd yn oed pe cynigid iddo gwpanaid o hwnnw doedd ganddo mo'r amser i'w wastraffu yn dal ei ddwylo a gwaith y fferm yn galw. Ond doedd yna mo'r un brath yn ei eiriau bellach wrth ymadael. Gwyddai Tecwyn y byddai Gareth Merley yn ei ôl yn yr ysgol ymhen yr awr yn gwisgo'i iwnifform arferol. Ond roedd y cyfan wedi'i anesmwytho. Roedd yna ddrwg yn y caws yn rhywle, rhywbeth a fyddai'n dod i'r fei fel popeth arall yn hwyr neu'n hwyrach.

*   *   *   *

Roedd tynnwr lluniau'r *Herald* yno'n blygeiniol, a'r llygad neidr diflino o lens Siapaneaidd slic yn cofnodi'r llanast i gyd.

Staeniwyd waliau'r ysgol o gwmpas swyddfa Esmor

Huws â phaent coch ac roedd yna linellau rhychiog blêr o dan y llythrennau breision lle'r oedd y paent hwnnw wedi rhedeg. 'BRADWR' cyhuddai'r geiriau, yn arswydus, sos-cochlyd fel gwaed trên sgrech.

★   ★   ★   ★

Tarodd Sam Arfon ei bapur decpunt yn hunan-foddhaus ar far y Castellau Arms.

'Ma' hogia'r *Herald* wedi cael hwyl hefo hwn,' meddai Huw Wynne. 'Welist ti'r holl lunia 'na? Mi fasat ti'n meddwl y basa Trefor yn cadw gwell trefn ar 'i bapur a chadw lle i betha mwy haeddiannol!'

Cyrliodd Sam ei wefus.

'Gad ti lonydd i'r hen Drefor,' meddai. 'Un da at 'i fyw.'

'Be'?'

'Trefor yn gwbod be' sy'n dda iddo fo'i hun.' Gwagiodd Sam ei wydryn. 'A mi oedd isio dysgu gwers i'r sglyfath Esmor 'na. Does 'na neb yn cael gneud hwyl am 'y mhen i, dallta!'

Deallodd Huw.

'Iesu Gwyn!' chwibanodd yn isel. 'Chdi ddaru!'

Roedd llygaid Sam yn heriol, ddiwyro.

'Fi? Ti 'rioed yn 'y ngweld i'n maeddu 'nwylo hefo potia paent gefn drymadd nos, debyg?'

Teimlai Huw yn sigledig ar ei draed. Na, fuasai Sam ddim mor fyrbwyll â mynd yno'n bersonol. Ond roedd yna rai gwirion yn fodlon mentro unrhyw beth am bris ffics neu bres cwrw. Arian parod a dim holi. Beth oedd ots gan yr hogia O'Malley 'na a mab Gladus Dew a'r rafins oedd yn eu canlyn nhw pwy oedd yn talu ar ddiwedd y dydd? Roedd hi'n joban bach handi. Ac i faeddu'r ysgol hefyd. Bu bron i Bryan O'Malley feddwl ei bod hi'n 'Dolig arno fo.

'Mi wnest beth gwirion tro yma, Sam. Ma'r pwll yn mynd yn futrach i ti.'

'I mi? I mi, ddudist ti? A phwy gafodd y *planning* i fynd drwodd ar Tyddyn Argoed, ta, Huw?'

Ddywedodd Huw Wynne ddim byd am ennyd ond roedd ei wyneb o wedi mynd yn llwyd fel uwd. Yna, meddai'n ansicr:

'Ia. Yn hollol. Dwi inna yn y cawl rŵan, dydw, os eith pobol i siarad. Yn cael y caniatâd cynllunio 'na arno fo i Esmor Huws, a Wil Merley ei hun wedi methu am y basa hi'n beryg torri mynediad i'r lôn bost. A ma'r peryg hwnnw yno o hyd, sti, Sam.'

'Paid â malu cachu.' Gollyngodd Sam edefyn o fwg sigarét o gornel ei geg. 'Yr unig beryg bryd hynny oedd nad oedd gwynab Wil Merley yn ffitio. Ond 'na fo. Be' fedra hwnnw'i neud wedyn ond trio cal madal ar y lle. Doedd 'na fawr o werth i'r tir fel roedd o, ac mi fachodd Esmor ar ei gyfla, do?'

'Sut doth hwnnw, o bawb, i wbod o flaen neb bod y cae 'na'n dŵad yn rhad?' Ni fyddai gwahaniaeth gan Huw ei hun fod wedi cael ei bump ar y lle, ond ddywedodd o mo hynny rŵan.

'Lwc mwngral, te, Huw. Hogan bach chwaer Nansi'i wraig o'n pori rhyw hen farlan yno, doedd? Dal yr hen gae 'na gan Wil oeddan nhw. Ond mi farwodd y blydi farlan, do?' meddai Sam.

'Ac mi roth Esmor 'i facha ar y cae.' Roedd Huw yn dechrau 'i gweld hi.

'Wel, do; ar ôl gweld bod Wil wedi trio gneud rhyw geiniog ar y lle a methu, mi ddoth Esmor ata i i snwyro. Rhyw stori dylwyth teg ynglŷn ag adeiladu bynglo er mwyn iddo fo gael mynd yno pan oedd o'n ymddeol. Uffar clwyddog!'

Roedd Sam yn mynd i stêm.

'Mi oedd y dîl yn mynd i weithio'n iawn. Fo'n rhoi'r joban o 'neud plania'r tŷ i ni yn yr offis 'cw, taswn i'n cael y caniatâd cynllunio . . .'

'Taswn i'n cael y caniatâd cynllunio, ti'n feddwl,' meddai Huw Wynne. 'Ac mi cefis i o i ti, yn do, ac yli sut ma' petha 'di troi allan, wir Dduw!'

'Sut gwyddwn i nad oedd y sglyfath Esmor ddau-wynebog 'na'n mynd i gadw at 'i air?' Sodrodd Sam fonyn ei sigâr yn fileinig yn y ddysgl lwch. 'Ond na! Munud cafodd o *blanning* ar y lle, be' nath o? Y? Ei werthu o am bedair gwaith gymaint a be' dalodd o amdano fo. Ac i ryw dderyn dŵad o Sais hefyd, myn uffar i!'

Nid bod cenedlaetholdeb Sam wedi'i rwystro fo chwaith rhag gwneud ceiniog neu ddwy yn y gorffennol. Yr hyn a'i corddai rŵan oedd beiddgarwch Esmor Huws yn ei dwyllo ar ei gêm ef ei hun.

'A be' wyt ti'n 'i 'neud wedyn, y diawl gwirion!' meddai Huw. 'Cal y tacla O'Malley 'na a iobos y dre 'ma i baentio slogana ar 'i ysgol o! Blydi chwara plant. Dyn o dy safla di.' Roedd crechwenu Sam yn ei gythruddo fwyfwy. 'Dydi o ddim yn ddoniol, Sam. Mi ddaw pobol i wbod yn o fuan pwy sy tu ôl i'r lol 'ma ac mi ddaw'r stori i gyd allan . . .'

'Paid â bod yn gymaint o hen ddynas!' meddai Sam. 'Ŵyr Bryan O'Malley ddim pwy sy 'di talu iddo fo, beth bynnag!'

'Wel, ma' 'na rywun wedi dechra cega,' meddai Huw. 'Mae o'n deud yn papur: "Gŵr lleol yn cynorthwyo'r heddlu gyda'u hymoliadau".'

'O, ia,' meddai Sam. 'Wil Merley druan.'

'Sut gwyddost ti 'u bod nhw'n trio rhoi'r bai ar hwnnw?'

'Trefor, te?'

'O, ia, wrth gwrs,' meddai Huw'n sych. 'Mi anghofis i dy fod ti'n lluchio bac-handars i olygydd yr *Herald* hefyd.

'Biti calon gin i dros 'rhen Wil hefyd,' meddai Sam, yn anwybyddu sylw Huw. ''Di'r cradur ddim 'di cal llawar o lwc yn ddiweddar, nacdi? Er — wneith y Glas mo'i gadw fo'n hir chwaith, sti, ar ôl gweld cyn lleied o gythral sy ynddo fo. A chyn lleied sy rhwng ei ddwy glust o hefyd, ran hynny! Ond gynno fo roedd y motif penna, ma' siŵr, te?' Chwarddodd yn gwta, ddihiwmor. 'Mi welan nhw 'mond wrth sbio arno fo ei fod o'n rhy gynnil i brynu paent i baentio'i le fo'i hun heb sôn am fynd i baentio ysgolion!'

Gwyrodd dros y bar a wincio'n gellweirus ar yr eneth fronnog yno.

'Un mawr i Huw 'ma pan 'dach chi'n barod, 'nghariad i!' meddai.

'Blydi chwara plant!' meddai Huw wedyn, ond roedd y lliw'n diferu'n ôl i'w wyneb yn araf bach. 'Mae'n syndod i mi sut roedd Bryan O'Malley yn gwbod be' oedd y gair "Bradwr" yn 'i feddwl!'

'Roedd o'n cofio sut i'w sbelio fo. Dyna oedd y peth mwya,' meddai Sam, ac yfed i iechyd y ddau ohonyn nhw.

13

Roedd yna gymeriad yn perthyn i Dafarn y Bugail. Nenfwd isel, lle tân hen-ffasiwn, a'r llestri pres a hongiai o'r trawstiau yn drysorau yn yr hanner tywyllwch.

'Rhaid i chi roi'r gorau iddi, Tecwyn! Yn fy hudo i allan i lefydd fel hyn. Mi fydd pobol yn dechra siarad!' Roedd tinc cellweirus yn llais Loti ond fentrodd hi ddim llacio'r ffurfioldeb diogel hwnnw a ganiatâi iddi barhau i alw 'chi' arno, ac a'i gorfodai yntau i'w chyfarch hi yn yr un modd.

Gwenodd Tecwyn i'w beint. Gwyddai Loti ei fod o'n ei llygadu hi mewn ffordd wahanol ers tro. Doedd hyn ddim yn ei hanesmwytho, dim ond gwneud iddi deimlo'n drist. Allai hi byth garu yr un dyn fel ag yr oedd hi wedi caru Moi. Weithiau roedd meddwl am hynny'n ddychryn iddi, dro arall roedd o'n gysur, yn rhywbeth y gallai hi guddio tu ôl iddo rhag i neb arall gyffwrdd â'i theimladau.

'Dwi isio diolch i chi, Loti.'

'Am be', neno'r Tad?'

Ond gwyddai Loti'n burion am beth. Doedd dim rhaid iddo. Roedd rhoi clust i broblemau Tecwyn yn ystod y misoedd diwethaf yma wedi lleddfu rhywfaint ar ei hiraeth hi, wedi'i chadw hi rhag bod yn hunan-dosturiol.

'Eich prydau bwyd chi sy' wedi achub 'y mywyd i!' meddai Tecwyn.

'Dydyn nhw'n ddim byd ond bwyd cartra plaen,'

meddai hi. 'Ond siawns gen i nad ydyn nhw ddim gwaeth na rhyw hen duniau bîns a'r nialwch pot nŵdl felltith 'na 'dach chi'n ei brynu o hyd! Does dim rhyfadd bod gynnoch hi helynt ar ych stumog wir!'

' 'Dach chi'n ddynas dda, Loti. Yn gogyddas heb ei hail. Dwi'n gweld pam roedd Moi . . .'

Wnaeth o ddim meddwl. Estynnodd Loti ar draws y bwrdd a chyffwrdd ei bysedd yn ei law.

'Ma' hi'n iawn, Tecwyn,' meddai. Roedd hi'n sibrwd. 'Dwi isio sôn amdano fo. Dwi'n meddwl amdano fo, yn siarad hefo fo, bob dydd ers iddo fo farw. Pobol erill sy ofn deud 'i enw fo.'

Bu'r ddau ohonyn nhw'n eistedd am rai munudau heb ddweud dim. Cywilyddiai Tecwyn, nid am iddo grybwyll enw Moi, ond am y gwyddai ei fod yn cenfigennu wrth atgofion Loti.

'Ma' hi'n mynd yn hwyr,' meddai Loti o'r diwedd.

Gwagiodd Tecwyn ei beint. Doedd hi ddim wedi bod yn gyfforddus o'r munud y cyrhaeddon nhw'r dafarn.

'Awn ni, ta, os 'dach chi'n barod, Loti.'

Roedd hi'n gwenu'n ddiolchgar arno fel petai o newydd ei hachub hi rhag rhywbeth hollol annioddefol. Ac yntau wedi meddwl y byddai heno wedi bod yn newid iddi. Yn y car ar y ffordd adref dechreuodd hi ymlacio am y tro cyntaf.

'Rhaid i chi fadda i mi, Tecwyn. Dwi ddim 'di bod yn gwmni difyr iawn i chi heno.'

Swniai'n debycach iddi hi'i hun. Yn nhywyllwch y car doedd ei hwyneb hi'n ddim ond amlinelliad. Roedd ei phersawr hi'n ysgafn a blodeuog a glân. Nid persawr dengar 'gyda'r nos' oedd o.

'Roedd o saith mlynedd yn hŷn na fi,' meddai Loti.

Fel yr wyt tithau saith mlynedd yn hŷn na minnau, meddyliodd Tecwyn. Ond nid dyna ddywedodd o. Roedd y tywyllwch yn braf. Yn lle hynny:

'Mi oedd o'n dal yn ddyn ifanc,' meddai.

Nid atebodd Loti. Taflodd Tecwyn gipolwg arni o gornel ei lygad. Gweddw Moi. Roedd hi'n syllu'n syth o'i blaen ac o dan oleuni lampau'r stryd roedd ei hwyneb yn wyn, wyn. Gwynder drud y papur-sgrifennu gorau un.

'Mi ddowch i mewn i gal panad, yn gnewch?' meddai hi wrth iddo dynnu i mewn tu allan i'r tŷ. 'Ma' gas gin i gerddad i fewn i'r gwacter.'

Teimlai Tecwyn fod Llwyn Deri wedi mynd yn rhyw fath o ail gartref iddo yn ystod y misoedd cythryblus ers iddo ddarganfod y gwir am Mererid a Sam. Roedd siarad hefo Loti wedi helpu. Roedd hi bron, bron fel petai o'n siarad hefo Moi. Dyna ran o'r cysur. Tan yn ddiweddar. Tan iddo ddechrau edrych ar Loti fel pe bai o'n sylwi arni am y tro cyntaf a theimlo'n euog. Oherwydd Moi. Daeth Loti i mewn hefo'r te ac roedd synau cyfarwydd cwpanau ar hambwrdd yn od o gartrefol. Ni allai Tecwyn oddef rhagor. Cododd a chymryd yr hambwrdd o'i dwylo.

'Loti,' meddai'n floesg. 'Ma' hi'n flwyddyn bron iawn.'

Edrychodd hithau arno. Roedd ei llygaid hi'n sgleinio'n wlyb fel pyllau o ddŵr glaw a'r haul yn chwarae drwyddyn nhw.

'Loti, ma'n rhaid i mi . . . rhaid i mi 'i ddeud o . . .'

Dim ond wedyn y sylweddolodd o pa mor dynn yr oedd o wedi cydio ynddi.

'Na,' meddai hi. 'Peidiwch, Tecwyn bach.'

Fel ffŵl, mi ddechreuodd o grio. Igian yn swnllyd fel

dyn ar drengi. Gwyddai, hyd yn oed yn ystod yr eiliadau gorffwyll hynny, fod yr angen yno, ynddi hi, yn nhyndra'i chorff hi, ond doedd hi ddim am ildio. Gwyddai hefyd fod y llun ar y seidbord yn golygu mwy iddi na dim y gallai ef ei gynnig.

' 'Na fo, 'ngwas i,' meddai hi'n dyner. Roedd o'n ddiolchgar iddi am siarad yn famol, gyfforddus a dileu rhywfaint o'i gywilydd.

'Sori, Loti. Ma' well i mi fynd.' Wyddai o ddim yn iawn i ble i edrych a holl ofid y misoedd diwethaf yn mygu ei lwnc.

'Dim nes i chi gymryd panad a sadio,' meddai Loti. Daethai ati'i hun yn gynt nag ef. Tywalltodd de iddo.

' 'Dach chi wedi bod trwy gymaint yn ystod y misoedd dwaetha 'ma, Tecwyn.'

'Dydi o'n ddim wrth ymyl eich profedigaeth chi, Loti. Wn i ddim be' 'dach chi'n ei feddwl ohono i.' Gwrthodai gyfarfod â'i llygaid hi a llowcio'i baned fel pe na bai dim arall yn bwysig. Gweithred arall gyfleus i guddio tu ôl iddi.

'Ma' hi'n cymryd dyn i wynebu'i deimlada,' meddai Loti. 'A mwy o ddyn wedyn i'w dangos nhw i rywun arall.'

Mentrodd Tecwyn wên wantan.

'Finna'n meddwl mai dim ond bod yn hunan-dosturiol rôn i.'

'Ma' gin bawb hawl i hynny weithia. Bodau meidrol 'dan ni i gyd, Tecwyn.'

'Ambell un yn fwy meidrol na'i gilydd.'

Gwenodd Loti.

'Ac yn fwy dynol,' meddai.

'Oes 'na wahaniaeth?'

'O, oes. Ma' 'na wahaniaeth. Mwy o de am ben hwnna? Cymrwch, neno'r Tad!'

A chyda'r ail gwpanaid fe wynebodd o Loti.

'Yn y dechra,' meddai, 'rôn i'n casáu Mererid. Yn meddwl amdani hi . . . hefo fo . . . y ddau ohonyn nhw . . . hefo'i gilydd . . .' Lluchiodd weddillion ei lais i'w gwpan de.

'Peidiwch â thorri'ch calon, Tecwyn bach!'

Gwenodd Tecwyn yn gam arni.

'Ydi hi ddim braidd yn hwyr i mi feddwl am betha felly, Loti?'

Cododd Loti'i haeliau.

'Bod yn hunan-dosturiol 'dach chi eto?'

'Gin i hawl i fod, meddach chi!'

'Oes, ond 'dach chi 'di cael eich rasions o hynny am heno!'

'Be' wna i, Loti? Bob tro dwi'n gweld Sam Arfon dwi isio'i ladd o!'

'Wrth gwrs eich bod chi.' Caledodd llygaid Loti'n sydyn ac edrychodd arno. 'Ond gan na chewch chi ddim gneud hynny, mi fydd yn rhaid i chi ddial mewn ffordd arall, yn bydd?'

Roedd yna rywbeth dieithr yn y ffordd yr ynganodd Loti'r geiriau, rhyw chwerwedd heb ei dreulio a barai i Tecwyn anesmwytho.

'Be' 'dach chi'n ei awgrymu, Loti? 'Mod i'n tywallt asid ar fonat 'i gar o a rhoi'i dŷ o ar dân?' Roedd yn ceisio ysgafnhau'r sefyllfa rŵan ond roedd llygaid Loti'n ei ddifrifoli drachefn.

'S'dim isio i chi gyflawni unrhyw drosedd i dorri crib Sam Arfon,' meddai.

'Fasa gin i mo'r gyts, pa run bynnag, Loti.'

'Er mwyn y nefoedd!' Cododd Loti ar ei thraed nes bod y llestri'n tincial ar y bwrdd bach o'i blaen. 'Be' sy' arnoch chi, ddyn! Gyts, ddudoch chi? Beth am synnwyr cyffredin a thafod yn eich pen? Beth am y swydd gyfrifol 'na sgynnoch chi lle ma' pawb yn eich parchu chi? Ma' gynnoch chi allu ac ma' gynnoch chi egwyddorion . . .!' Eisteddodd wrth ei ochr ar y soffa. Roedd ei llygaid yn gynhyrfus a gwres ei chorff yn gwyro i'w gyfeiriad.

'Torrwch ei grib o, Tecwyn, yn y ffordd fwya cyfreithlon, mwya cyhoeddus y gallwch chi!'

'Dwi ddim yn dallt . . .'

'Y lecsiwn nesa,' meddai Loti. Sgleiniai ei llygaid yn berlog, aflonydd. Roedd ei hargyhoeddiad yn beryglus. Yn heintus. Edrychodd arni.

'Sefwch, Tecwyn. Da chi! Sefwch yn erbyn Sam Arfon yn y lecsiwn nesa 'ma!'

'Loti, fedrwn i byth!'

'Mi fedrech, Tecwyn. Tasach chi wir isio dial arno fo!'

'Sut gwn i y baswn i'n medru gneud y fath beth? Sut gwn i?' Ond roedd ei geiriau'n ei gynhyrfu er ei waethaf.

'Dydach chi ddim yn gwbod, nac'dach?' meddai Loti. 'Heb drio.' Gostyngodd ei llais ond roedd ei llygaid hi'n daer o hyd.

Syllodd ar ei hwyneb ac roedd ei hangerdd yn ei ddenu a'i ddychryn fel petai hi'n cynnig cyffur iddo. Ni allai gredu fod y llifeiriant geiriau yma wedi cydio ynddo a pheri iddo ystyried y fath syniad.

'Ma' hi'n dibynnu ar gymaint o betha!' meddai.

'Ma' hi'n dibynnu'n union,' meddai Loti, yn araf ac yn bwyllog, 'ar faint 'dach chi'n ei gasáu o, Tecwyn.'

Roedd hi'n syllu'n ddiwyro i'w wyneb. Teimlai Tecwyn fod llygaid Moi arno hefyd. Yn ei herio'n dawel o'r llun ar ben y seidbord.

★   ★   ★   ★

Roedd yna olau coch yn fflachio ar y peiriant ateb. Pwysodd Tecwyn y botwm a gollyngwyd y llais. Llais wedi'i wasgu'n sych grimp oedd o — llais wedi gorffen crio ac yn methu crio mwy.

'Fi sy' 'ma. Mererid. Dwi wedi bod yn trio cael gafael arnot ti ers oriau. Ma' Esyllt yn 'sbyty. O fan'no dwi'n ffonio. Mi ddaru nhw'i rhuthro hi i mewn — poenau, gwres uchel, taflu i fyny . . .'

Na. Nid Esyllt. Plîs, Dduw, nid Esyllt fach . . . Roedd geiriau Mererid yn beiriannol, bell ac yntau'n chwys oer. Ei hogan fach o. Ac yntau'n malu awyr drwy'r gyda'r nos. Peint. Panad. Siarad am sefyll lecsiwn. Pylodd y cyfan o'i feddwl fel pe na bai erioed wedi bod. Esyllt, mi ddo i yna rŵan, 'nghariad i . . .

Clepiai sŵn ei esgidiau ar hyd y coridor glân a theimlai'r gwres synthetig yn ei lapio'i hun am ei wddw. Gwres. Ysbyty. Sodlau'n clecian fel cenllysg ar wydr. Cofiodd am Moi.

'Ffordd yma, Mr Eames. Ma'ch gwraig chi yma hefo'r fechan.'

Nyrs fach glên, ei hiwnifform gwyn yn gafael yn denau, greulon yn siâp llydan ei phen-ôl. Roedd hi'n ei dywys i'r stafell fach wen lle roedd Mererid fel delw wrth wely Esyllt.

'Mi ddois i cyn gynted ag y cefis i'r negas . . .'

Ond doedd hi ddim yn gweld bai. Cododd ei llygaid, y blinder yn we bach rhychiog yn eu corneli.

'Diolch i ti am ddŵad,' meddai. Edrychodd i gyfeiriad y gwely. 'Ma' nhw'n meddwl mai pendics 'di o . . .'

Diolch i Dduw. Mi oedd o wedi meddwl am rywbeth gwaeth. Cofiodd y pyliau o salwch. Gorfod nôl Esyllt o'r ysgol. Am nad oedden nhw'n medru cael gafael ar Mererid . . . Cofiodd. Am y tro cyntaf ers allan o hydion cyffrôdd yr hen gnofa honno'n ddwfn ym mhwll ei stumog — corddi, brathu, gwasgu'n sydyn, dannedd rhew yn rhwygo'i du mewn.

'Ma' hi'n mynd i fod yn iawn, Tecwyn. Ma' nhw 'di deud.'

Nid yr un Mererid oedd hi. Roedd hon yn hŷn, yn llwytach, aeddfetach. Gorfododd yntau i'w feddwl ail-gonsurio iddo'r darluniau hynny ohoni hi a Sam rhag iddo ddechrau tosturio wrthi. Daeth y nyrs yn ei hôl hefo paneidiau o de.

'Ma' nhw'n mynd â hi i lawr bora fory . . .' Roedd yna gwlwm yn ei llais. Oni bai am y lluniau yn ei feddwl byddai wedi estyn am ei llaw. Dim ond y fechan oedd ganddi hithau ar ôl hefyd. Caledodd ei galon. Doedd pethau ddim yn hawdd iddo yntau chwaith.

'Dwi'n aros heno,' meddai hi wedyn. 'S'dim isio i ti boeni. Mi fydd hi'n ôl reit.'

Y hi, Mererid, â'r cylchoedd llwyd o dan ei llygaid, yn ceisio'i gysuro fo. Trodd ei wyneb oddi wrthi; roedd ei llais hi'n dal yn rhy dyner, yn ailagor ei orffennol fel ewin ar grachen. Ond fe arhosodd yno hefo hi tan yr oriau mân, a'r blinder yn crafangu'n farus ar hyd wynebau'r ddau ohonyn nhw.

14

'Sgynno fo ddim gobaith caneri . . !' Swniai Sam Arfon
yn fwy hyderus nag y teimlai wrth i flas y wisgi gorau gosi
cefn ei wddw. 'Be' ma'r diawl gwirion yn drio'i 'neud,
Huw? Crogi 'i hun yn gyhoeddus, ia?'

'Haws gin i feddwl mai trio dy grogi di mae o.' Siaradai
Huw Wynne yn bwyllog, synfyfyriol, a'r mymryn lleiaf
o floesgni ar ei dafod. 'Ceffyl da 'di 'wyllys, Sam. Mi est
ti hefo'i wraig o, do? Ma' hynny'n eitha cymhelliad,
ddudwn i!'

'Be' wyddost ti? Sgin ti'm gwraig!'

Gwenu wnaeth Huw. Roedd Sam yn bigog, ymosodol
bron. Gwyddai Huw Wynne yn burion bod meddwl am
Tecwyn Eames o bawb yn meiddio sefyll yn ei erbyn o,
Sam Arfon, yn ei boeni'n llawer mwy nag yr oedd o'n
fodlon ei gyfaddef. Cadwasai Sam ei sedd yn ddidrafferth
ddigon ers wyth mlynedd. Ddaeth yna neb arall i geisio'i
dwyn oddi arno tra bu ynddi. Roedd ei etholaeth yn
daclus a chryno — hen dref Castellau a'r pentrefi ar y
cyrion, Brynceris a Llanfair-glan-Alaw. Cymerasai ei
deyrnasiad cyhyd yn gwbl ganiatâol, a rŵan mi oedd y
cocyn Tecwyn Eames 'na'n meddwl ei fod o'n ddigon
o fôi i gipio'r cwbwl o dan ei drwyn o.

'Mae o'n byw mewn paradwys ffŵl os ydi o'n meddwl
y curith o fi. Blydi cwcw-land!' Estynnodd am y botel.

'Pwylla, wir Dduw! Cofia am dy drwydded yrru, mêsyns neu beidio! Ti ar drothwy lecsiwn, cofia. Fedri di ddim fforddio mynd yn llac dy afael rŵan!'

Roedd Sam yn filain wrtho'i hun am iddo roi'r cyfle i Huw ei ddarbwyllo. Roedd Huw Wynne wedi medru'i ddarllen o fwy nag unwaith yn ddiweddar ac roedd hynny ynddo'i hun yn ei anesmwytho.

'Cadwa dy ddiod uffar, ta!'

Cododd yn drwsgl yn ei dymer. Roedd hyd yn oed Huw Wynne yn dechrau meddwl fod ganddo'r hawl i bregethu wrtho fo rŵan. Yn ystod yr wythnosau diwethaf roedd Sam wedi magu bloneg o gwmpas ei ganol. Sylwodd Huw ei fod o wedi heneiddio'r mymryn lleiaf — cyhyrau'r wyneb wedi rhyw ddechrau llacio'n araf bach a'r hen ddireidi wedi'i dymheru ag ysbeidiau o surni hunan-amddiffynnol. Doedd y newid hwn ynddo ddim yn amlwg weladwy chwaith — rhyw niwlio graddol, dan-yr-wyneb ydoedd. Wrth iddo syllu ar Sam rŵan roedd hi fel petai o newydd ddod â llun du a gwyn i ffocws, dim ond bod yna ôl bawd rhywun wedi'i adael ar y lens.

'Dwi'n mynd o dy ffor' di!'

'Paid â bod mor ddiawledig o groendena. Dwi ar dy ochor di, cofia!'

Trodd Sam i'w wynebu, y nerf bychan ar ochr ei dalcen yn chwarae'n dynn dan y croen.

'Churith o mo'no i, Huw! Dwi'n deud wrthat ti rŵan. Does na ddim un titsiar Cownti Sgŵl yn mynd i 'nghuro fi, dallta. Dwi 'di bod yn y gêm yn rhy hir. Geith o weld sut ma' cwffio lecsiwn os ma' dyna mae o'i isio. Mymryn o bromosion a mae o'n meddwl 'i fod o'n gwbod y blydi lot!'

Gwyliodd Huw gysgod Sam yn camu ar draws yr iard i'w gar a gwelodd y llafnau o olau o'r lampau blaen yn gwanu'n felyn trwy'r niwl glaw mân. Does dim rhaid i ti f'argyhoeddi fi, meddai Huw wrth y tamprwydd y tu allan. Clywodd y *Merc* mawr yn brecio'n biwis wrth rowndio'r tro yng ngwaelod y lôn.

*   *   *   *

'Chwech "gwnaf yn bendant"; un "posib iawn"; un "ddim yn gw'bod"; a dau'n gwrthod troi 'u cotia'! Dim yn ddrwg allan o ddeg tŷ, nac'di?' Roedd y fuddugoliaeth yn binc yng ngruddiau Loti.

'Ma'r canfasio 'ma yn ail-natur i chi!'

Doedd ar Tecwyn ddim eisiau tymheru dim ar ei brwdfrydedd hi gyda'i siomedigaethau ei hun. Ni fu ei ganfasio ef mor llwyddiannus. Neb gartref mewn amryw o lefydd, neu ddim eisiau bod gartref yn fwy na thebyg. Dau neu dri o ddrysau'n cael eu cau yn ei wyneb. Y lleill wedyn yn driw i Sam Arfon er na wyddai eu hanner nhw pam. Newid o ran newid, medden nhw. Pa les oedd yn hynny? A chafodd o'r un addewid bendant o gefnogaeth gan neb y prynhawn hwnnw, dim ond gwenau dyfrllyd, ffals nad oedden nhw'n golygu affliw o ddim. Ond doedd o ddim am gyfaddef hynny wrth Loti. Ddim rŵan beth bynnag. Roedd o wedi dioddef digon o embaras am un diwrnod. Mygodd ochenaid o flinder llwyr trwy anadlu'n araf, araf. Cytunodd i'r cyfan er mwyn Loti, er mwyn iddi hi gael rhywbeth i fynd â'i bryd. Neu felly yr oedd o wedi'i dwyllo'i hun ar y dechrau. Rŵan roedd pethau'n wahanol. Roedd yr ysfa i ddial yn dân ar ei groen o hyd. Tybed?

Tybed? Pe câi un bleidlais yn fwy . . . un . . . Ac yna
fe gâi brynhawniau fel heddiw, etholwyr Sam Arfon yn
canmol y bont a smaliai i'w cario nhw, ac yntau a'i bosteri
bach pitw a'i ganfasio clên, dibrofiad yn jôc ganddyn nhw
i gyd.

★　　★　　★　　★

'Ti'n gynnar!'

Gwelai well golwg ar Mererid erbyn hyn. Hynny'n
naturiol, meddyliodd. Y gwaetha drosodd. Y fechan wedi
dod adref ar ôl ei thriniaeth. Ond roedd yna rywbeth arall
hefyd, rhywbeth tosturiol, meddalach yn ei chymeriad hi.

'Ti'n edrach wedi blino, Tecs.'

Doedd hi ddim wedi defnyddio'r talfyriad hwnnw ar
ei enw ers talwm.

'Ma' arna i ofn bod Esyllt yn 'i gwely ers dwyawr . . .
ond dos i fyny'r un fath . . .'

'Iawn. Mi bicia i . . . 'mond am funud . . . Mi ges i
'nal — y miri canfasio 'ma ac ati . . .'

'Chest ti ddim diwrnod rhy dda?' Roedd hi'n dal i fedru
darllen llinellau ei wyneb o'n well na neb arall, ond y tro
hwn doedd hi ddim am wawdio'r hyn a welai ynddyn
nhw.

'Mi a i i fyny i'w gweld hi, ta . . .'

Roedd hi wedi newid y dodrefn o gwmpas yn yr ystafell
fyw. Ei gadair o'i hun o dan y ffenest yn lle'i bod hi
gyferbyn â'r teledu.

'Mi wna i banad erbyn y doi di i lawr . . .'

Roedd Esyllt yn cysgu'n sownd. Cyrliai blew'r amran-
nau'n hir ar y croen bach diniwed. Tarodd ei ben yn

ysgafn yn erbyn y ffigiarins o luniau bach symudol a hongiai uwchben y gwely wrth sythu ar ôl plygu i'w chusanu. Dawnsiai'r anifeiliaid bach papur trwy'i gilydd heb wneud yr un smic fel pe bai arnynt hwythau hefyd ofn tarfu ar ddedwyddwch y fechan.

Troediodd y grisiau drachefn, yn reddfol yn osgoi'r rhai gwichlyd. Roedd o'n cofio'n union pa rai oedden nhw, yn cofio heb orfod meddwl.

'Ti 'di newid dy wallt.'

Roedd o'n fyrrach, prin yn cyffwrdd ei hysgwyddau.

'Ti ddim yn ei lecio fo?'

'Ydw. Mae o'n gweddu i ti.'

Dychmygodd garu hefo hi â'i gwallt fel yna. Hir a thrwchus fuo fo erioed. Llosgodd ei geg ar y te poeth.

'Rwyt ti wedi newid lot o betha, erbyn meddwl.'

Pethau bach — dysgl blastig las yn y sinc yn lle un werdd. Tebot newydd.

'Mi dorrodd pig y llall.' Roedd hi wedi dilyn ei lygaid. Wedi darllen ei feddyliau eto. 'Mater o raid!' Gostyngodd ei llais. 'Mi fedra i eu newid nhw'n ôl, cofia.'

'Be'?'

'Y petha erill. A ma' gwallt yn tyfu.'

'Ma' dy wallt di'n iawn.'

'Ti'n gwbod be' dwi'n feddwl.'

'Yli, Mererid — ma' rhaid i mi fynd . . .'

Yn sydyn roedd arno ofn. Ofn iddi ofyn. Roedd hi'n haeddu'i chosb, haeddu cael ei gadael — mynd i gyboli hefo dyn arall, a hwnna o bawb . . . Ond yn ystod yr awr ddiwethaf teimlasai ei benderfyniad yn simsanu, ac eto, ac eto — ni allai anghofio. Cododd ac estyn ei gôt oddi ar gefn y gadair.

'Dwi'n gwbod pam ti'n gneud hyn, Tecwyn.'

Edrychodd i fyw ei llygaid.

'Gneud be'?'

'Sefyll yn erbyn . . . yn ei erbyn o.' Crogai'r geiriau rhyngddyn nhw am ysbaid. Ac yna meddai hi wedyn: 'Paid â bod yn ormod o "hen fôi iawn" os wyt ti am ennill.'

'Be' ti'n 'i awgrymu? 'Mod i'n suddo i'w lefel o? Bygwth a llwgrwobrwyo . . .'

'Gwranda, Tecwyn. Mae o'n defnyddio pob math o stumiau . . .'

'Ydi. Mi fasat ti'n gwbod hynny, yn basat?' Difarodd yn syth. Roedd amser lluchio slums felly wedi'i dreulio. Roedd o wedi chwalu dedwyddwch y noson gydag un frawddeg.

Gwnaeth Mererid ymdrech lew i lyncu'i dagrau. Er ei waethaf roedd o'n dechrau ei hedmygu hi. Y tro hwn roedd hi wedi codi uwch ei ben o.

'Chdi ŵyr dy betha, Tecwyn.' Llyncodd yn galed drachefn. 'Mi ddefnyddith o betha yn dy erbyn di os medar o.' Trodd ei llygaid oddi wrtho fo. 'Ma' 'na rwbath y medri di 'i ddefnyddio yn ei erbyn o hefyd. Tasa ti isio.'

'Ma' pobol yn deud wrtha i bod gen i egwyddorion, Mererid.' Ond edrychodd o ddim arni hithau chwaith.

'Ma' gin ti ddyletswydd i edrych ar ôl pobol y lle 'ma hefyd os wyt ti'n deud dy fod ti'n ddigon da i gael dy ethol. Gwarchod eu buddianna nhw rhag bleiddiaid 'fath â Sam Arfon . . . Sgin ti ddigon o egwyddor i neud hynny?'

Eisteddodd Mererid yn araf fel pe na bai ganddi ffydd yn ei choesau.

'Pan ô'n i hefo Sam unwaith . . .' Bob tro roedd hi'n
ynganu 'i enw fo teimlai Tecwyn fel pe bai hi'n gwasgu
cadach o ddŵr rhew i lawr asgwrn ei gefn. '. . . yn ei gar
. . . ma' gynno fo ffôn . . . fedrwn i ddim peidio â chlywad
eu sgwrs nhw . . .'

'Pwy?' Er ei waethaf roedd ei geiriau petrusgar yn
deffro'i chwilfrydedd.

'Fo ac Esmor Huws, dy brifathro di. Tecwyn, pan
gafodd Esmor Huws ei ddwylo ar y tir 'na, tir Tyddyn
Argoed . . . mi gafodd o ganiatâd cynllunio er i Wil Merley
ei hun gael ei wrthod . . .'

Wrth gwrs. Roedd y darnau'n disgyn i'w lle'n berffaith.
Esmor yn prynu yn rhad, Esmor yn gwerthu wedyn . . .
y miri, y sloganau ar waliau'r ysgol . . . Iesu, mi oedd
y cwbwl yn drewi'n go gryf. Petai pobol yr ardal yn dod
i wybod . . . Roedd ceg Tecwyn yn sychu'n grimp a
chledrau ei ddwylo yn mynd yn wlypach. Edrychodd i
gyfeiriad Mererid eto ond roedd hi eisoes wedi troi'i chefn
arno ac yn hel y cwpanau budron i'r sinc.

15

Rhyw fath o ddefod brennaidd oedd bwyta iddi bellach. Syllodd Mererid ar ei swper — y tamaid tôst, y pot marmaled, y menyn nad oedd o ddim yn fenyn. Roedd rhywbeth yn ei llenwi hi'n barod, yn ei rhwystro rhag llyncu. Yr un peth ag a'i rhwystrai rhag mynd yno heno, ond a'i gorfodai i feddwl am y ddau ohonyn nhw, am y rhesi o wynebau ar y cadeiriau plastig, yr areithiau, yr addewidion. Byddai'r neuadd dan ei sang heno — dim ond oherwydd bod ardal gyfan yn sibrwd na fyddai yna ddim angen am etholiad oni bai bod un dyn wedi cysgu hefo gwraig y llall. Dyna'r oedden nhw'n ei ddweud. Gwyddai Mererid. Gwyddai am y clecs, y siarad. Roedden nhw yno bob tro'r âi hi allan o'r tŷ. Wynebau, sibrydion, crechwenu, beirniadu . . . O! oedden, roedden nhw i gyd yn glên yn ei hwyneb, y cymdogion, ffrindiau Tecwyn, yr athrawes fach wên-deg 'na yn ysgol Esyllt. A heno roedd y ddau ohonyn nhw, Sam Arfon a'i gŵr hi ei hun, yn mynd i sefyll yn y neuadd yna yn brolio'u rhinweddau o flaen cymdeithas gyfan. Codai'r darlun gyfog arni. Roedden nhw yno o'i hachos hi ac eironi hyll y cyfan erbyn heddiw oedd nad oedd ar yr un o'r ddau mo'i heisiau hi rŵan . . .

Sam oedd yr un a'i brifodd hi. Cofiodd y bore Sadwrn pell hwnnw, ei lygaid yn ei llyncu ac yn ei gwrthod yr un pryd. Ond Tecwyn oedd yr un a'i dychrynodd. Doedd hi ddim wedi ystyried am eiliad y byddai'n ei gadael hi. Roedd ei gafael hi arno cyn sicred bob tamaid â gafael Sam Arfon arni hithau. Na, fyddai o byth yn mynd. Nid Tecwyn. Fyddai o byth yn gwneud rhywbeth mor fyrbwyll. Byddai'n malio gormod am yr hyn a ddywedai pobl, beth bynnag. Ac roedd Esyllt ganddyn nhw, yn doedd? Fyddai o byth yn gadael Esyllt, na fyddai? Ie, Tecwyn oedd yr un a roddodd fraw iddi. Meddyliodd am y noson honno y daeth yn ei ôl o Landrindod, y llanast o lestri cinio'n chwilfriw a photelaid o win coch yn gwaedu'n denau dros y cyfan. Roedd yna staen ar y carped o hyd, yn llwyd ac yn grwn fel clais ar gnawd ifanc. Daeth blinder yn donnau drosti, a golchi'n boenus dros ei hysgwyddau. Y nosweithiau hafaidd, hir yma oedd y rhai gwaethaf. Gallasai ddygymod yn haws pan gaeodd y gaeaf amdani ar ôl i Tecwyn fynd. Ond roedd misoedd yr haf yn ei hatgoffa o'r hyn a wnaethai hefo Sam, seddi lledr y *Mercedes* yn llyfn o dan ei chluniau, mwg ei sigâr yntau'n cydio'n felys yn ei synhwyrau, ac awyr y nos yn drwm ac yn llonydd, yn aros tu allan i'r ffenestri hanner agored heb gyffwrdd yn eu caru o gwbl.

Noson felly oedd hi heno. Trymaidd, di-ffrwt. A'i hanadlu hithau'n llafurus wrth iddi lyncu'r aer o'i chwmpas a hwnnw'n gwneud dim ond bygwth ei mygu hi am ei fod o'n dew fel triog ac yn pwyso arni. Oedd, roedd y cyfan oll yn pwyso arni bellach, y bysedd yn pwyntio, y siarad, y nosweithiau di-gwsg. Ie, rheiny oedd yr artaith. Pe bai hi ond yn medru cysgu noson . . . Ysgydwodd y botel yn ysgafn. Roedd hi wedi gludo'n gynnes i gledr ei llaw. Gwagiodd hi rŵan, yn araf, nes

123

bod y tabledi'n bentwr botymog ar y bwrdd o'i blaen,
yn gwahodd yn lliwgar fel candis plentyn bach.

★　　★　　★　　★

Roedd Tecwyn yn difaru iddo gytuno gadael i Eric fynd
â nhw.

'Ddreifia i, 'chan. I ti gael cyfla i ymlacio. Hel dy
feddwl.'

Y camgymeriad cyntaf. Byddai wedi gorfod cymryd y
llyw, canolbwyntio, wedi lleddfu tipyn ar ei nerfau.
Crwydrodd ei law'n reddfol, ddiarwybod bron, at ei
stumog. Sylwodd Eric.

'Be' sy'? Dy stumog di'n dy hambygio di, ia?'

'Dwi'n iawn.'

'Arnat ti ma'r bai. *Stress*. Dyna ti'n 'i gael, yn tynnu
helbul fel hyn yn dy ben.' Tynnodd ei lygaid oddi ar y
lôn am y canfed tro. Gwingodd Tecwyn. Roedd Eric yn
yrrwr blêr ar ei orau.

'Dwi'n iawn, medda fi. A thria ditha gadw dy ll'gada
ar y lôn, wir Dduw. Ti 'fath â phiso mochyn!'

'Ol-reit, ol-reit. 'Mond trio helpu, neno'r Iesu! Smôc?'

'Ti'n gwbod nad ydw i ddim wrthi!'

'Amsar iawn i ti ddechra, felly, dydi?' Gwasgodd sigarét
yn gelfydd o'r paced i'w geg. 'Mi fasa'n mygu'r hen ylsar
'na allan i ti, yli!'

Rowliodd Tecwyn handlen y ffenest yn biwis. Blydi
mwg. Blydi stumog. Blydi 'hwn' yn rhefru. Byseddodd
gwlwm ei dei. Roedd o'n laddar o chwys.

'Eric, tynn i fewn i fan'ma!'

'Am be'? Be sy'n . . .?'

'Stopia, Eric, er mwyn Duw, wnei di, os nad wyt ti am i mi chwdu am dy ben di . . .'

* * * *

Roedd Loti'n llygadu'i wats yn nerfus. Ar yr hen Eric flêr 'na oedd y bai, mor ffwrdd-â-hi, chwim-chwam ynglŷn â phopeth. Mi ddylen nhw fod wedi cyrraedd ers un chwarter awr.

'Dy ddêt di heb droi i fyny, ia, pishyn?' Roedd hi fel petai o wedi lluchio dyrnaid o dywod i'w hwyneb hi.

'Chdi.' Trodd i wynebu Sam Arfon, symudiad ei chorff hi'n dynn fel pe bai hi'n cael ei thynnu ar linyn.

'Ti'n edrach yn ddel iawn heno hefyd, os ca i ddeud!' Roedd o'n dal i herio a'i eiriau'n cyrraedd yn nes ati bob tro. Heb yn wybod iddi fe barai'r gwrid yn ei hwyneb hi iddi edrych yn beryglus o ddeniadol iddo.

'Na chei. Chei di ddim deud! Sgin ti ddim hawl i ddeud dim byd wrtha i!'

'Hawl? Hawl, ddudist ti? Pwy wyt ti i sôn am hawliau, cyw?'

Roedd ei lais yn hallt, yn cyffwrdd mewn hen glwyf. Gostyngodd Loti ei llygaid a throi oddi wrtho; gostyngodd yntau ei lais a chlosio ati. Roedden nhw'n sefyll yn y lobi bach tu allan, a dwndwr y lleisiau a lenwai'r neuadd yn codi ac yn disgyn, yn bell ac yn agos, fel twrw'r môr mewn cragen. Roedd o mor agos — gallai hi deimlo'i anadl ar gefn ei gwallt.

'Mi faswn i'n dy gymryd di fory nesa taswn i'n cael, Loti!' meddai.

Parodd ei eiriau iddi faglu'n ôl. Ni allai hi ddweud dim,

na meddwl, dim ond teimlo oerni'r pared yn ddi-ildio yn erbyn ei gwegil.

'Dwi'n dal i dy ffansïo di, Loti.' Roedd o'n ei chadw hi yno hefo'i lygaid, yn ei dal hi yn ei hunfan fel lampio cwningen. 'Dwi'n dal i feddwl amdanat ti, sti. Dwi 'di colli lot o gwsg ar dy gownt di, Loti, 'nghariad i.'

Cafodd hyd i'w llais o'r diwedd, er nad oedd ei geiriau yn ddim ond diferion bach o sŵn: 'Ma' hi'n syn gin i bod rhywun 'fath â chdi'n medru cysgu o gwbl byth! Y petha ti 'di neud i bobol . . .'

Roedd y gwenwyn yn ei llais wedi'i ddifrifoli.

'Y petha dwi 'di neud i bobol?'

'Ma' hi'n esmwythach cysgu ar eithin nag ar gydwybod euog, Sam.'

Symudodd Sam gam oddi wrthi.

'Ydi hi, Loti? Peth debyca dy fod ti'n iawn hefyd. Wedi'r cwbwl, mi wyt ti'n siarad o brofiad, dwyt? Pa gydwybod fedra gysgu'n dawal ar ôl gneud be' 'nest ti?'

Anadlodd Loti yn herciog.

'Ella 'mod i'n hen fastad, Loti, ond dwi 'rioed wedi lladd neb!'

'Paid â'i ddeud o fel'na. Pa hawl sgin ti i ddeud . . .?'

'Dyna chdi eto. Yn sôn am hawl. Dywed i mi, Loti, be' am hawlia'r babi hwnnw, ta? Feddylist ti am betha fel hawl cyn 'madael â hwnnw, do?'

'Paid ti â lluchio hyn'na i 'nannadd i, Sam!'

'Mae o'n brifo, dydi, Loti?'

Llyncodd Loti.

'Fasa na ddim babi wedi bod o gwbwl tasa ti . . . tasa ti ddim wedi . . .' Roedd hi'n gwasgu'r geiriau yn eu holau i dwll ei gwddw.

'Taswn i ddim wedi be', Loti? Ddim wedi cymryd mantais arnat ti noson y parti Flwyddyn Newydd hwnnw a chditha â dy din i fyny ar ôl y *Babychams* 'na, ia? Rho'r gorau i dy dwyllo di dy hun. Mi wyddat ti'n iawn be' oeddat ti 'i isio!' Cydiodd yn ei braich. 'Fi oeddat ti 'i isio bryd hynny, ond dy fod ti'n gwrthod cyfadda bod rwbath mwy na dim ond dipyn o sbort rhyngon ni. A chditha'n ffendio dy fod ti'n disgwyl ond bod gin ti fodrwy ddyweddïo grand oedd yn dy neud ti'n perthyn i Moi. Ac mi oedd gin Moi ddyfodol, 'doedd, Loti? Yn hŷn, yn ddibynadwy, yn neis. O! oedd, mor uffernol o neis fel na fasat ti byth wedi medru cogio mai fo oedd tad y babi, na fasat? Aros tan noson y briodas, myn diawl! Tasa fo ddim ond yn gwbod. Tasa fo ddim ond yn gwbod lle buost ti'n gwario dy bres pocad bach prin ychydig fisoedd ynghynt . . .'

Rhwygodd Loti ei braich o'i afael.

'Ti'n 'y mrifo i.'

'Dyna oedd y bwriad, Loti. Be' ddudist ti gynnau, dywed? Rhwbath am gysgu ar eithin. Wel, mi wnest ti'n siŵr 'mod i'n gneud hynny, do? Faint o dawelwch meddwl roist ti i mi? Dy golli di. Y babi. Ein babi ni.' Syllodd arni'n ddiwyro. 'Mi oedd gin i feddwl y byd ohonot ti, Loti. Chdi oedd yr un.'

'Mi oedd gin ti ffordd od o ddangos hynny, doedd?' brathodd Loti. 'Collwr gwael fuost ti 'rioed. Fedrat ti ddim diodda meddwl am Moi yn cael yr hyn oeddat ti 'i isio, na fedrat? Ac mi wnest ti'n siŵr y basat ti'n dial yn y diwadd, do?' Fflachiodd ei llygaid yn beryglus. 'Chdi a dy gysylltiadau llwgwr a dy sedd ar fwrdd llywodraeth-wyr yr ysgol. Y pry gododd odd' ar gachu go iawn oeddat ti, te, Sam? Mi fasa Moi wedi cael swydd y prifathro yng Nglannau Alaw pan aeth Rowlands oni bai amdanat ti'n sefyll yn ei ffordd o. Am dy fod ti'n dial am fistêc ddigwyddodd flynyddoedd yn ôl. Wel, dw inna ddim wedi anghofio chwaith, dallta!'

Daeth cysgod dros wyneb Sam Arfon, ond cyrliodd ei wefus isaf i ystumio gwên watwarus, galed.

'Dyna pam wyt ti yma heno, ia, Loti? Dyna pam wyt ti wedi canfasio dros y glyhyryn Tecwyn Eames 'na ia? Am fod arnat ti isio dial?'

'Be' wyt ti'n feddwl?' Roedd ei gên yn crynu a phob gewyn yn ei chorff yn dynn fel tant.

'Dwi'n meddwl bod mwy iddi na hynny,' meddai Sam yn dawel. 'Dwi'n meddwl dy fod ti'n dal i wrthod cyfadda. Fel roeddat ti ers talwm.'

Roedd ei lais o'n feddal, feddal erbyn hyn a'i lygaid o'n dameidiau oeraidd o wydr lliw. Ond welodd Loti mo'i lygaid. Welodd hi ddim byd, dim hyd yn oed Eric a Tecwyn â'i wyneb yn galchog wyn yn tabyrddu drwy'r drysau dwbwl o'i blaen. Welodd hi ddim byd trwy'r niwl yn ei phen heblaw cefn Sam Arfon yn troi arni a chlywodd sŵn y môr yn y gragen yn dod yn nes.

16

'Welist ti hi'n sbio'n flin arnan ni?' meddai Eric.

'Pwy?'

'Loti.'

'Paid â malu!'

'Am ein bod ni'n hwyr.' Dadwisgodd Eric y paced newydd *Benson & Hedges* yn garuaidd a gollwng pelen fach o bapur seloffên i'r soser lwch o'i flaen.

'Mi lladdith rheina chdi rhyw ddiwrnod.' Ond roedd golwg esmwythach ar Tecwyn rŵan, y lliw wedi diferu'n ôl i'w wyneb fesul 'chydig.

'Wel, mi fydda i'n marw hefo gwên ar 'y ngwynab beth bynnag!' meddai Eric. 'Ddim 'fath â chdi. Ymlacia, wir Dduw, neu mi anghofi di dy eiria i gyd!'

'Rêl cysurwr Job, dwyt? Pasia un yma ta.'

'Be'?'

'Sigarét. Tyrd ag un i mi, wnei di? A phaid â sbio mor hurt. Dwi angan bob help fedra i 'i gael, medda chdi!'

Pasiodd Eric y paced. Roedd o wedi gweld newid syfrdanol yn Tecwyn yn ystod y misoedd diwethaf yma. Oedd, roedd o wedi teneuo, wedi suro rhyw gymaint — roedd hynny'n naturiol. Ond roedd yna rywbeth arall, rhyw benderfyniad tynn, di-droi'n-ôl wedi cymryd lle'r addfwynder yn ei gymeriad. Erbyn hyn roedd o'n edrych ar bopeth trwy lygaid dyn wedi cael cam. Y cam hwnnw fyddai ei gryfder o heno, meddyliodd Eric. Roedd y llwyfan wedi'i osod. Y bwrdd taclus, y jŵg ddŵr a'r gwydrau. Edrychodd drwy'r gynulleidfa. Roedd yno rieni i ddisgyblion Ysgol Glannau Alaw ymhlith yr wynebau a dipyn go lew o athrawon. Ochneidiodd Eric yn fewnol. Diolch i Dduw. Roedd gobaith y câi Tecs well hwyl nag yr oedd o wedi'i feddwl. Er ei fod o'n amheus o'r cyfan heno gwyddai Eric fod yna rai'n dweud ei bod hi'n hen bryd rhoi cyfle i waed newydd. Er gwaethaf Sam Arfon roedd yna gefnogaeth yn dechrau hel i Ddirprwy Brifathro Glannau Alaw. Trodd i weld Tecwyn yn gwasgu bonyn y sigarét i'r soser.

'Barod?'

'Rhaid i mi fod, yn bydd?'

'Pob lwc, Tecwyn.' Loti. Roedd hi'n welw heno. Cydiodd Tecwyn yn ei llaw.

'Diolch, Loti.'

Roedd hi'n crynu, ei llaw hi'n fregus yn ei law ef. Teimlai'n sydyn fel gafael amdani hi, fel ei hamddiffyn hi er na wyddai'n iawn rhag beth.

'Dowch, Loti. Awn ni i ista 'ta.' Eric. Roedd o wedi sylwi ar y ffordd yr edrychodd Tecwyn arni hi, ac roedd rhywbeth yn yr edrychiad a barai anesmwythyd iddo.

Doedd o erioed wedi medru closio at Loti fel ag y gwnaeth Tecwyn. Roedd ganddi ffordd o edrych ar ddyn, meddyliodd Eric. Ffordd o wneud iddo deimlo'n arbennig ar y naill law, ac ar y llaw arall gallai hi ddeifio'i hunan-hyder ag un edrychiad. Dyna a wnâi hi iddo fo bob amser. Felly roedd hi rŵan. Yn gwenu'n sidêt hefo'i gwefusau a'i llygaid hi'n cyhuddo'i hen gardigan lwyd o a'i fysedd lliw nicotîn. Teimlai Eric yn flerach ac yn hyllach gyda phob munud yng nghwmni Loti.

Areithiodd Sam Arfon yn ôl ei arfer. Roedd o'n torri cýt ar y llwyfan bychan a thoriad ei siwt yn diffinio'r penderfyniad yn llinellau sgwâr ei ysgwyddau. Culhâi ei lygaid rŵan wrth iddo ddod â'r argyhoeddiad i'w lais a daliai Loti ei hanadl. Ar adegau fe dybiai fod ei lygaid arni hi'n unig, yn treiddio i'w hymennydd ac yn darllen y dryswch yno. Damia'r dyn. Roedd o wedi'i dynghedu i fod yn swynwr pobl; y perswadiwr â'r tafod aur. Chwaraeai'r bylbiau trydan ar y brithni-cyn-pryd yn gwau'n ariannog trwy'i wallt. Safai yno'n chwe throedfedd o hyder, y gynulleidfa yn bwyta o'i law o, a theimlodd Loti bwl o gydymdeimlad sydyn tuag at Mererid Eames.

'Siarad trwy'i din 'fath ag arfar!' chwyrnodd Eric er mwyn ceisio anwybyddu gwres y gymeradwyaeth o'u cwmpas. Nid atebodd Loti. Bu huodledd Sam yn gredyd iddo. Roedd o wedi actio'i ran, wedi gwneud sioe iddyn nhw i gyd. Dyna ei gryfder mawr o. O hyd.

Roedd llygaid y gynulleidfa ar Tecwyn Eames. Anesmwythodd Loti ac Eric fel un. Edrychai'n flinedig, fychan o'i gymharu â Sam, a lanwasai'r llwyfan mor effeithiol eiliadau ynghynt.

'Ma' gin y titsiar act anodd i'w dilyn,' sibrydodd rhywun tu ôl i Eric ac roedd yna besychu a mân siarad a chrafiad ambell goes cadair yn gras yn erbyn y llawr. Edmygodd rhai daerineb ei eiriau a'i osgo. Doedd dim dwywaith nad oedd Tecwyn Eames yn ddiffuant. Rhy ddiffuant, yn ôl wyneb ambell un. Roedd dyn o egwyddor yn greadur prin ond heno doedd o ddim yn ddigon i ddifyrru'r dorf.

'. . . a dwi am i chi gofio 'mod i'n un ohonoch chi'r

bobol. Dwi isio gweithio hefo chi'n ogystal â chwffio drostach chi. Eich pryderon chi ydi 'mhryderon inna . . .'

Roedd o'n gwasgu'i araith i'w therfyn a'i grys yn glynu wrth ei geseiliau. Clapiodd y gynulleidfa, rhyw sŵn blinedig, cwrtais, a theimlai Tecwyn y tamprwydd yn casglu o dan ei drwyn ac yn gafael yn denau fel stêm o dan gaead sosban. Dim ond y cwestiynau eto. Eisteddai Sam Arfon yn syllu'n syth o'i flaen a'r tro lleiaf un yn ystumio'i wefus isaf. Llyncodd Tecwyn er bod ei geg o'n ddi-boer. Dim ond y cwestiynau.

*   *   *   *

'Mi wnest ti'n iawn. Siort ora, Tecs.' Gwyddai Eric nad oedd yna fawr o arddeliad yn ei lais ond gwnaeth ymdrech drachefn. 'Sbia arni hi fel hyn. Mi aeth dy araith di'n iawn. Mi atebaist ti'r cwestiyna i gyd, 'chan. Be' arall fedrat ti fod wedi 'i 'neud? Cofia dy fod ti yn erbyn talcan go galad o hyd, sti. Mi wnest ti'n ardderchog, hogyn. Yn do, Loti?'

Gwenodd Loti'n wantan. Ddywedodd hi ddim — roedd hi fel pe bai hi wedi anghofio sut i siarad. Gallai hi weld Sam Arfon o gornel ei llygad. Roedd pobl yn llithro heibio iddi'n araf a waliau'r neuadd yn bygwth cyfarfod ei gilydd a chau amdani. Gwnaeth esgus tila.

'Y gwres 'ma,' meddai. 'Dwi am fynd allan at y drws am funud.'

Gwnaeth ymdrech i ysgafnhau ei geiriau rhag iddyn nhw sylwi. Chlywodd Tecwyn mohoni a doedd Eric ddim yn gwrando. Teimlai Loti ryw fath o feddwdod yn cydio yn ei chorff wrth iddi anelu i gyfeiriad y drws. Caeodd ei llygaid bob yn ail â pheidio er mwyn ceisio gwasgu ei lun o'i meddwl — yr hyder chwerthinog, y gwefusau trahaus . . .

'Ar frys?'

Roedd ei thraed fel plwm a'i hymennydd yn chwil ac roedd o yno, yn y drws, yn ei rhwystro rhag pasio, a neb, neb yn sylwi, neb yn malio. Anadlodd Loti yn gyflym. Teimlai ei chroen yn llaith o dan ei dillad a gwrthodai edrych arno. Roedd cysgod ei ysgwyddau'n ddigon, yn llinellog lwyd yng nghornel ei llygad o hyd.

'Wel?' Roedd o'n ei phlagio a'i lais yn isel, drioglyd. 'Sgin ti rwbath i'w ddeud wrtha i rŵan? Ti ddim am ddymuno lwc i mi ar gyfar wsnos nesa'?'

Ceisiodd Loti lyncu'r anadliad herciog a fynnai rwygo'i gwddw. Doedd hi ddim am iddo weld faint o loes yr oedd o'n ei roi iddi. Cododd ei gên a herio ei lygaid ond roedd rhywbeth yn mynnu cymylu ei golwg.

'Esgusoda fi.' Er ei gwaethaf roedd y bloesgni yn ei llais yn ei bradychu ac yn gwneud iddi ei chasáu 'i hun am ennyd. Gwthiodd yn drwsgl heibio iddo ac roedd o mor agos fel y gallai hi arogli'i bersawr siafio. Cydiodd Sam yn ei braich hi'n giaidd am yr eildro y noson honno. Teimlai Loti hwrli-bwrli'r neuadd yn golchi drosti. Gwyrodd ymlaen nes bod ei anadl yn cosi ei chlust hi.

'Cymer ofal rŵan, Loti. Ti'n 'y nghlywad i? Cymer di ofal rŵan.'

'Wyt ti'n 'y mygwth i, ta be', Sam?' Safodd ei thir rŵan er bod ei lais o'n dynerach, ond cyrliodd Sam ei wefus yn araf. Rhoddai'r cynnwrf yn ei llygaid mawr hi bleser nid anghynefin iddo am eiliad.

'Does dim isio i mi 'neud hynny, nagoes, blodyn? Dim ond gadael i'r eithin 'neud 'i waith.'

'Be'?'

'Yr hen beth pigog 'na roeddat ti'n 'i ddeud sy'n gwthio trwy fatresi pobol ac yn nadu iddyn nhw gysgu'r nos,' meddai Sam yn isel. 'Gwylia di rhag i'r eithin 'na hambygio gormod ar dy gwsg ditha, Loti fach!'

Baglodd Loti'n ddall tua'r drws. Dychmygai lygaid Sam Arfon yn ei dilyn yn ddiwyro a mynnodd rhyw reddf ynddi ei bod yn taflu cipolwg yn ôl. Ond roedd Sam eisoes yng nghrafangau gwenog Huw Wynne a boddwyd y ddau mewn pycsiau o chwerthin awgrymog a niwlen felys, las o fwg sigâr.

*　　*　　*　　*

Roedd môr o oleuni drwy'r tŷ ac yntau wedi disgwyl y tywyllwch llwyr yr arferai Mererid guddio tu ôl iddo'r adeg yma o'r nos. Hanner awr wedi deg — ond doedd hi ddim yn hwyr. I bobl eraill. Teimlai Tecwyn yn chwithig wrth grensian ei draed ar hyd cerrig y llwybr. Doedd o byth wedi arfer â chanu cloch ei ddrws ffrynt ei hun, ac ymarfer ei gwrteisi'n ffals fel pe bai o'n ddyn gwerthu brwshys. Penderfynodd ar amrantiad y defnyddiai ddrws y cefn. Roedd hi'n amlwg yn ôl y golau ym mhob ystafell bod Mererid ar ei thraed. Roedd awyr y nos yn glaear, garedig ar ei wyneb. Ni wyddai yn union beth oedd wedi ei ddenu i chwilio amdani hi heno. Y dadrith? Y siom? Efallai bod y ffârs yna o gyfarfod cyhoeddus wedi ei yrru i chwilio am enaid cytûn. Daliai i gofio ei chroeso hi'r tro diwethaf. 'Ma' gwallt yn tyfu, sti, Tecwyn.' Anadlodd yn hir. Wrthodai hi mohono fo heno.

Roedd drws y cefn yn gilagored; ildiai'n araf wrth iddo gyffwrdd pennau ei fysedd yn y chwarel wydr. Sylwodd yn syth ar y tabledi. Roedden nhw wedi tynnu'i lygaid fel pe na bai dim arall yn y gegin ond y pentwr bach llachar hwnnw fel mwclis o dan y stribed golau. Daliwyd ei anadl yn sownd yn ei lwnc. Ni allai feddwl; ni allai symud. Am ennyd roedd ei ymennydd fel lwmp o rew. Sŵn bychan, bach tu ôl iddo, fel siffrwd llygoden fach yng nghornel tŷ gwair, a deffrôdd ei synhwyrau. Trodd. Symudodd Mererid gam tuag ato a chlywodd yntau'r sŵn drachefn — sŵn godre ei gŵn-nos agored yn llithro'n ysgafn ar hyd y llawr leino.

'Rôn i'n rhyw feddwl y basat ti'n dŵad,' meddai hi. Edrychodd arni a chofio pam iddo ei phriodi. Ond teimlai ei wyneb yn un masg o gyhyrau bach tynn a daliai i sefyll fel delw. Yn dweud dim. Gwneud dim.

'Angan dipyn o awyr iach ôn i,' meddai hi'n syml. Fel petai hi am egluro nad drysu roedd hi am ei bod hi'n crwydro'r ardd yn ei choban am hanner awr wedi deg y nos. Dilynodd ei lygaid at y tabledi ar ganol y bwrdd.

'Fedrwn i ddim, Tecwyn.' Roedd gwylio'r lleithder yn tywyllu ei llygaid fel gwylio dafnau o ddŵr yn disgyn ar felfed. 'Mi feddylis i am 'neud. Ond yn y diwadd, fedrwn i ddim.'

Doedd o ddim yn cofio sut y bu iddo gamu ymlaen a gafael ynddi. Ond cofiodd wedyn yr angerdd fu yn ei chyffyrddiad. Roedd ei chorff yn dynn, anghenus o dan ei ddwylo. Llanwodd ei ffroenau ag aroglau ei gwallt ac roedd ei anadliadau ef ei hun yn tabyrddu'n orffwyll yn ei glustiau. Cofiodd ei ansicrwydd, ei fethiant; cofiodd yr angen a oedd wedi cnoi ei du mewn a phoenydio ei gorff fel y ddannodd cyn ei yrru yno ati y noson honno. Cofiodd hynny i gyd wrth iddo ei gadael o'r diwedd. Roedd hi wedi cysgu. Symudodd yntau heb anadlu bron, a gadael gwres ei gorff ei hun yn gyndyn ar ganol y fatres. Tri o'r gloch y bore. Diffoddodd y goleuadau cyn mynd. Buont ymlaen ers oriau, yn lliwio ffenestri'r tŷ yn llachar felyn, a'u cynhesu fel gwydrau lantarn.

17

Syllodd y ddwy yn hir ar ei gilydd, y naill yn disgwyl ymateb gan y llall. Loti siaradodd gyntaf. Roedd hi wedi sylwi sut oedd y ferch ieuengaf wedi craffu ar ei gwefusau hi, yn ewyllysio iddi ddweud rhywbeth wrthi. Unrhyw beth.

'Sut 'dach chi, Mererid?'

Yr hen ystrydeb nad oedd angen ateb iddi. Ond daeth Mererid yn nes ati rhwng y ddwy stondin. Roedd synau'r farchnad yn gras, gyfarwydd ac yn eu gorfodi i glosio at ei gilydd petai hi'n ddim ond er mwyn i'r naill fedru clywed ateb y llall.

'Eitha, diolch, Loti. A chitha?'

'Dal ati. Sgin rhywun fawr o ddewis, nag oes?'

'Nag oes.' Cododd Mererid ei llygaid a chyfarfod rhai Loti. Arhosodd eiliadau yn llonydd rhyngddynt. Sylweddolodd Loti yn syn iddi adnabod yr hyn a oedd yn cysgodi llygaid y ferch, yr hyn a welwai ei gwedd. Roedd hi fel petai hi'n edrych i ddrych a gweld ei gofid ei hun.

' 'Dach chi ar frys, Mererid?'

'Na.' Gwenodd y ferch yn ansicr, er bod ias unsillafog ei hateb ei hun yn cerdded ei chorff. Nac oedd. Dim brys. Dim cyfarfyddiadau pwysig a gwefr perthynas yn berwi drwyddi ac yn peri i'w hwyneb wrido gan hyder cudd.

Fe'i cafodd ei hun yn brwydro'n galed i lyncu'r lwmp yn ei gwddw.

'Panad o goffi sydyn, 'ta? Ma' 'na gaffi ar y gornel, yn does? Be' am i ni . . .?'

Aeth Mererid. Dilyn Loti a rhyw fymryn o sicrwydd yn dechrau cydio ynddi am ei bod hi yng nghwmni'r wraig a fu'n gymaint o gefn i Tecwyn. Dewisodd Loti fwrdd o dan y ffenest, bwrdd heb ei glirio. Tybiai Mererid nad oedd hi wedi sylwi. Roedd rhywun wedi colli llwyaid o siwgr ar y lliain. Cuddiwyd briwsion o lwch sigarét a stwmp o dan sgwaryn gloyw o bapur menyn yn un o'r soseri, ac roedd rhimyn haerllug o finlliw coch yn gwenu oddi ar ymyl un gwpan. Rhyfedd fel yr oedd gweddillion byrbryd rhywun yn gallu datgelu cymaint amdano. Sylwodd Loti pa mor ddistaw oedd hi.

'Coffi i chitha, Mererid?'

Llyncodd Mererid. Roedd rhywbeth yn wyneb Loti yn ei chymell i siarad.

'Ma' siŵr bod Tecwyn wedi deud y cwbwl wrthach chi, dydi? Gymaint o hen ast dwi 'di bod.' Ond doedd yna ddim chwerwedd yn y ffordd yr ynganodd hi'r geiriau, dim ond tristwch gwag un a fu drwy'r felin ac a oedd bellach yn hen law ar ei beio hi ei hun.

' 'Dach chi wedi bod yn gefnogol iawn iddo fo yn ystod yr ymgyrch yn erbyn Sam Arfon,' meddai Mererid wedyn. Roedd yna ysfa hunan-ddinistriol ynddi i yngan ei enw fo er mwyn gweld faint oedd hynny'n dal i frifo arni. ' 'Dach chi wedi helpu mwy arno fo na wnes i 'rioed.'

'Fedar hynny ddim bod yn wir, Mererid.'

'Taswn i heb ei dwyllo fo . . .'

138

'Thâl hi ddim i chi feddwl felly rŵan. Ma'r drwg wedi 'i wneud, dydi?'

Doedd Loti ddim wedi bwriadu swnio'n hunangyfiawn. Cnodd ei gwefus isaf, ei sylw wedi'i hoelio yn fwriadol ar y ferch oedd wedi cyrraedd i glirio'r bwrdd.

'Fi oedd y drwg,' meddai Mererid. 'Fi wnaeth y drwg.'

'Mae dwy ochor i'r geiniog fel arfer,' meddai Loti'n bwyllog. Cododd ei phen a syllu i wyneb Mererid. 'Does 'na 'run ohonon ni'n berffaith.'

' 'Dach chi'n deud?'

'Rhowch y gorau i'ch beio chi'ch hun, Mererid fach.'

'Ond fedra i ddim. A fasach chitha ddim yn medru chwaith . . .!'

'Na faswn i?'

Sylwodd Mererid ar y geiriau'n cloi gwddw Loti. Beth wyddai hon am dwyllo neb? Fuo 'na erioed gwpwl mwy dedwydd yng ngolwg pawb na Loti a Moi. Beth wyddai'r ddynes yma â'i llygaid dyfnion, tawel am garu yn chwyslyd hefo dyn arall cyn sleifio yn ôl adref ac aroglau'r caru hwnnw yn glynu wrth ei dillad ac yn bryfed mân dan ei chroen o hyd? Ac eto roedd yna rywbeth yng ngeiriau olaf Loti, rhyw aflonyddwch yn cerdded ei hwyneb a oedd yn darbwyllo rhywfaint ar Mererid. Roedd Loti yn syllu'n galed arni hi rŵan, yn gwneud iddi wrido. Cyrhaeddodd y coffi.

'Doedd neithiwr ddim yn llwyddiannus iawn iddo fo, nag oedd? Y cyfarfod cyhoeddus.'

'Be' glywsoch chi felly?'

'Fo 'i hun ddudodd.'

'O.' Disgwyliodd Loti.

'Galw heibio neithiwr ddaru o.'

'Wela i.'

Roedd ar Mererid eisiau dweud wrthi. Eisiau cyhoeddi o ben y bwrdd ei fod o wedi aros hefo hi. Ond wnaeth hi ddim, dim ond dilyn y patrwm ar y lliain bwrdd â blaen ei llwy.

'Rôn i'n gwbod na fasa fo ddim yn gwrando arna i,' meddai. 'Gormod o "egwyddor", 'te, Loti? Biti na fasai Sam Arfon yn gwbod be' oedd peth felly.' Chwarddodd yn denau, ddihiwmor. 'Ma' siŵr ei fod o wrthi'n glyfar neithiwr yn atab y cwestiynau yr oedd o'i hun wedi'u rhoi yng nghegau rhai o'r gynulleidfa 'na, tra oedd Tecwyn yn chwys doman yn ceisio argyhoeddi pobol yn onast, a hynny er bod hanas holl firi Tyddyn Argoed yn ffrwtian tu mewn iddo fel bom heb ffrwydro! Dyna ddrwg Tecwyn, 'dach chi'n gweld. Wneith o byth gynghorydd. Mae o'n rhy agos i'w le.'

Sylwodd Loti ar y tinc o surni yn ei llais.

'Pa firi ynglŷn â Thyddyn Argoed, Mererid?'

'Be'? Ddaru o ddim sôn wrthach chi, o bawb?'

'Sôn be'?'

'Sôn bod Sam Arfon wedi cael caniatâd cynllunio i Esmor Huws ar dir Tyddyn Argoed ar ôl i Wil Merley fethu. A bod yr un stumiau wedi digwydd fwy nag unwaith mewn gwahanol lefydd. Hefo gwahanol bobol. Ddigwyddodd 'na rywbeth tebyg hefo tir Cae Crwn ddwy flynedd yn ôl. 'Dach chi ddim yn cofio'r helynt? Y Cynghorydd Huw Wynne yn prynu'r lle'n rhad. Ac yn codi palas o dŷ yno iddo fo'i hun cyn diwedd y flwyddyn honno. Pwy 'dach chi'n nabod, dyna'r gyfrinach. A sut medrwch chi ad-dalu'r gymwynas!' Oedodd Mererid er mwyn gwylio wyneb Loti. ' 'Dach chi'n dechra 'i gweld hi?'

Syllodd Loti arni'n syn. Oedd, roedd hi'n gweld yn iawn. Huw Wynne a Sam Arfon yn eistedd bob yn ail ar y Pwyllgor Cynllunio. Y llefydd mwyaf annhebygol yn cael eu pasio ar gyfer adeiladu o'r newydd arnynt. Cwmni 'S. Arfon Jones a Roberts, Penseiri', yn cael y gwaith cynllunio i gyd. Teimlodd Loti gryndod sydyn yn cerdded ei hasgwrn cefn. Gallai weld sgrechfeydd y papur newydd yn ei meddwl, y penawdau bachog, budron. Roedd yna wythnos arall. Wythnos gron gyfan tan y pleidleisio. Roedd ganddi wythnos. Corddai'r syniad yn ei phen cyn dechrau chwyddo'n araf, benderfynol. Gallai sgandal fel hyn fod yn ddigon i Sam Arfon golli ei sedd unwaith ac am byth. Dechreuodd chwilota'n flêr yn ei phwrs er mwyn talu am y coffi. Gallai hyn fod yn ddigon amdano fo'n hawdd.

*   *   *   *

'Ydw i'n eich nabod chi?' Gwgodd Wil Merley'n amheus arni.

'Dwi wedi galw o'r blaen,' meddai Loti. 'Canfasio dros Tecwyn Eames. Oes gynnoch chi funud i'w sbario, Mr Merley?'

Bu bron iddi â cholli ei nerf. Camodd ar ôl Wil i'r gegin fyw fechan.

'Wn i ddim be' arall 'dach chi'i isio hefo fi, chwaith,' meddai Wil. 'Dwi 'di gaddo ichi y gwna i fotio i'r titsiar. Be' arall sy 'na i'w ddeud?'

'Chi ydi'r dyn fedar neud yn siŵr bod Tecwyn Eames yn ennill, Mr Merley. Mae o'n ymgeisydd da. Dyn gonast.

Mi wnâi les i'r ardal 'ma gael rhywun â thipyn o waelod ynddo fo am unwaith,' meddai Loti'n felys.

'Dwi'n ama dim,' meddai Wil Merley. Roedd ei wyneb o'n araf, ddiddeall. 'Dwi'n ama dim nad ydach chi'n iawn, Misus. Ond dim ond un fôt sgin i, te?'

'Un bleidlais, ia, Mr Merley. Ond mi fedrwch chi neud mwy na dim ond pleidleisio. 'Dach chi ddim yn fy nharo i fel dyn sy'n fodlon cymryd ei sathru!'

Sgwariodd Wil.

'Nacdw'n Tad! Chymera i ddim cam!' Ond doedd o ddim yn deall eto chwaith. Chwiliodd am oleuni yn wyneb Loti a gwyrodd hithau'n nes.

'Na wnewch, Mr Merley. A dwi'n siŵr y basach chi'n lecio gweld y dyn wnaeth gam mawr â chi'n ddiweddar yn cael dos o'i ffisig ei hun am unwaith.'

'Wel, baswn, ond pwy 'dach chi'n . . .?'

'Tyddyn Argoed,' meddai Loti.

Newidiodd wyneb Wil wrth iddi luchio enw'i hen gartref i ddistawrwydd myglyd y gegin fach.

'Ydach chi'n gwbod pwy oedd y dyn wnaeth y cam hwnnw â chi, Mr Merley?'

Suddodd Wil yn araf i'r gadair wrth y bwrdd. Eisteddodd hithau heb aros am wahoddiad. Gwyliodd y dicter yn gwynnu'r pantiau o dan ei lygaid a llithrodd ei llaw'n reddfol i boced ei siaced er mwyn ei hatgoffa'i hun o fodolaeth y papurau hanner canpunt a lechai yno. Roedd teimlo'r arian yn rholyn tynn o dan ei bysedd yn cynnig ychydig o hyder eto iddi. Ychydig bach wrth gefn. Rhag ofn y byddai angen mwy o gymhelliad ar Wil Merley. Go brin hefyd. Fel y dywedodd o'i hun gynnau fach, chymerai o ddim cam.

18

'Welist ti o?' Nofiai geiriau Huw Wynne yn dynn drwy'r gwifrau.

Gwasgodd Sam dderbynnydd y ffôn yn nes at ei geg nes bod ei wefusau'n tampio ag angar ei anadl ei hun.

'Be' s'arnat ti? Dwi'm 'di bod allan eto, naddo? Sut ddiawl faswn i wedi'i weld o?'

'Blydi tudalen flaen hefyd!' meddai Huw. ' "PWY YW'R RHAI SY'N CANIATÁU?" "CYNLLWYNIO NID CYNLLUNIO!" A llun bach bendigedig o Dyddyn Argoed i fynd hefo'r cwbwl. Uffarn dân, Sam. Dwi'n gobeithio y bydd gin ti ffordd allan o hon, achos dwi'n deud wrthat ti rŵan, mi fyddi di angan rhwbath 'blaw gwyrth y tro yma!' Roedd ei eiriau'n taro'r ffôn fel cawod o gerrig, yn rhwystro Sam rhag gwneud dim byd ond gwrando â'i geg yn sychu'n araf. 'Ma'r tail wedi taro'r ffan rŵan, saff i ti. Felly gwatsia di dy hun. A Sam?' Clywodd Sam yr ofn yn clecian o dan y bygythiad. 'Os byddi di wedi llusgo f'enw i drwy'r baw yma, dwi 'di darfod hefo chdi. Am byth! Dallt?' Aeth y lein yn fud.

★   ★   ★   ★

'Fedra i ddim datgelu fy ffynonellau' Trodd Trefor ei gefn ar Sam Arfon. Roedd ei grys wedi'i smwddio'n flêr a'r defnydd rhychiog yn gwrthod gafael yn ei gorff main.

'Datgelu dy ffynonellau!' gwatwarodd Sam yn galed. 'Be' wyt ti'n feddwl ydi dy racsyn papur di? *News of the* blydi *World* 'ta be'?'

''Mond gneud 'yn job.'

'Wel, fyddi di ddim yn 'i gneud hi'n hir eto, washi. Mi wna i'n siŵr y byddi di a dy gomic wedi darfod ar ôl hyn!'

Rhedodd Trefor ei fysedd yn araf trwy'r cudyn gwallt a ddisgynnai'n llipa dros ei dalcen, a sythodd. Diflannodd pob mynegiant o'i wyneb. Roedd o'n fain a gwelw, ond cyn daled â Sam Arfon i'r fodfedd.

'Gawn ni weld pwy fydd wedi darfod 'fory,' meddai'n ysgafn. 'Ar ôl iddyn nhw orffen pleidleisio, te, Sam?'

Daeth culni bygythiol i lygaid Sam. 'Be' oedd, Trefor? Gwell lliw ar bres rhywun arall tro yma, ia?'

Nid atebodd Trefor. Roedd awyr y swyddfa wedi'i suro gan aroglau hen fwg sigarét. Winciai rhywbeth yn watwarus, wyrdd oddi ar sgrîn y cyfrifiadur a osodwyd yng nghanol blerwch y ddesg. Serennai newydd-deb anghymarus y peiriant o ganol yr ystafell siabi. Am y tro cyntaf ers allan o hydion cydiodd rhywbeth dieithr yng nghyhyrau Sam, rhyw banig sydyn, siarp a dynhâi amdano a'i wasgu fel rhywbeth byw. Pe bai ond yn gallu darllen meddyliau byddai'n ymwybodol o'r ffaith bod ei lygaid gwyllt, trahaus yn dechrau llacio gafael Trefor ar ei hyder newydd-anedig. Ond doedd o ddim yn darllen meddyliau. Nid heddiw. Syllai â rhyw fath o edmygedd gwyrdroëdig ar y llinyn o ddyn-papur-newydd a edrychai fel pe bai wedi cysgu yn ei ddillad.

'Gwna'n fawr o dy deganau bach newydd, Trefor, 'rhen fêt,' meddai'n dynn. Llithrodd ei lygaid yn araf dros yr

Apple Mac a oleuai'r ystafell â'i dechnoleg llachar. 'Ia, gwna di'n fawr ohonyn nhw, achos wyddost ti ddim am faint paran nhw, na wyddost?'

Gwnaeth ymdrech i gadw rheolaeth ar ei lais. Wnâi hi mo'r tro i'r cryndod ynddo leihau bygythiad y geiriau. Ond ni allai faddau i'r demtasiwn wrth droi tua'r drws. Bachodd flaen ei esgid feddal o dan wifren y cyfrifiadur a rhoi plwc sydyn; diflannodd y geiriau a fu'n wincio arno oddi ar y sgrîn.

'Y wers gynta mewn diogelwch swyddfa, Trefor. Paid â gadael gwifra dy offer trydanol mewn llefydd y medar pobol faglu drostyn nhw. Petha peryg. Mi lasat gael damwain mor hawdd â dim.'

Tynnodd y drws yn ysgafn ar ei ôl, mor ysgafn fel na wnaeth o ddim bachu, dim ond llithro'n ôl ar ei golyn gyda gwich ddolefus, tebyg i wich anifail bychan wedi'i wasgu mewn trap.

★　　★　　★　　★

Cawsai Mererid noson ddi-gwsg. Roedd gweld y stori ar dudalen flaen yr *Herald* wedi'i dychryn hi. Llusgodd y cyfan drwy'i meddwl yn llafurus ond ni allai fod yn siŵr. Roedd dwsinau o bobl â'u cyllyll yn Sam Arfon ond faint ohonyn nhw a wyddai i sicrwydd am ei ran yn y miri yma? Dim ond dyrnaid o ddetholedigion a wyddai'r gwir — y rhai a fuont â'u bysedd eu hunain yn yr un brywas. Gwrthodai gredu y byddai Tecwyn wedi mynd i'r afael â'r papurau. Nid dyna'i steil o er bod ganddo fwy i'w gymell i wneud hynny na sawl un. Er iddi deimlo'n oer wrth feddwl am y peth cododd a thynnu'r bleind i lawr dros ffenest y gegin. Ni allai ddygymod â'r haul cynnar yn golchi pobman.

Roedd o wedi gofyn iddi fod yna heno. Yn y cyfrif. Meddyliodd hithau am weld Sam Arfon ar ôl yr holl fisoedd ac arswydodd wrth i'r hen, hen gryndod hwnnw ailgychwyn pigo'i chroen. Byddai mynd yno i gefnogi Tecwyn heno yn gyfle iddi ddangos ei hochr. Yn gyfle iddyn nhw ailafael yn eu perthynas a hynny yng ngŵydd pawb arall. Efallai mai dyna oedd yn ei phoeni. Y sioe gyhoeddus, glên ac wedyn . . . Beth wedyn? Pan fyddai Sam yn codi'i freichiau mewn buddugoliaeth a'r dadrith a'r siom yn staenio bochau Tecwyn — sut oedden nhw i fod i ymddwyn wedyn, a llygaid y dorf yn grwn ac yn farus ac yn cribinio'r lliw o'u hwynebau nhw ill dau?

*　　*　　*　　*

'Dwi ddim yn gwbod be' sy' waetha, myn uffar i! Plant sy'n cau gwrando, ta hen bobol sy ddim yn clywad!' Cliriodd Eric ei frest yn swnllyd a chwilota am ei baced sigaréts.

'Hwnna oedd dy lwyth ola di?'

'Ia, diolch i Dduw.'

'Ti 'di bod yn gefn i mi, Eric. Anghofia i mo hyn, sti.' Roedd yna lai o nerfusrwydd yn llygaid Tecwyn heddiw er bod y gwelwder arferol yn gwneud i groen ei wyneb edrych yn hagr.

'Gei di brynu peint i mi ar ôl i ti ennill,' meddai Eric.

'Dwi'n fwy o giamstar ar foddi gofidia nag ar ddathlu,' meddai Tecwyn, ond mentrodd wên gyndyn.

'Cod dy galon, wir Dduw. Ma' cartra hen bobol Plas

146

Ceris tu ôl i ti fel un gŵr. Dwi 'di deud wrthyn nhw mai chdi ydi John Tecwyn Eames ac iddyn nhw roi croes gyferbyn â'r enw cynta ar y rhestr!'

'Chwara teg i ti.'

'Yr unig beth ydi,' meddai Eric, 'na ddaru'u hannar nhw ddim clywad, a ddaru'r hannar arall ddim dallt. Jyst gweddïa bod rhai ohonyn nhw wedi cofio dŵad â'u sbectols, washi!'

Ymlaciodd Tecwyn rywfaint er ei waethaf. Roedd ysgafnder Eric yn cadw'i draed o ar lawr, yn lleddfu ychydig ar ofnadwyaeth yr hyn a'i hwynebai cyn nos. Y peth gwaethaf oedd sefyll yno, a'i dei'n tynhau am ei wddw, yn gwylio ffrindiau a chydnabod, a phobl na welodd o erioed mohonyn nhw cyn heddiw, yn llifo heibio iddo, i mewn ac allan, yn ôl ac ymlaen, ac yntau'n eu hamau nhw i gyd. Yn amau'r gwenau, yn caledu i'r anwybyddu. Roedd Sam Arfon yn prowla'n ysgafn fan yma, fan draw ac yn ei anesmwytho fwyfwy fel y trodd gweddillion y prynhawn yn drymder gyda'r-nos-cynnar. Roedden nhw'n dal i gowtowio iddo fo, yn dal i chwerthin yn uchel hefo fo ac yntau'n dal i'w difyrru, ei hyder caled, deniadol yn ei amddiffyn fel llen ac yn ennyn eu hedmygedd o hyd. Er gwaethaf y clecs, y twyllo a'r mercheta. Y rheiny oedd ei apêl, meddyliodd Tecwyn yn chwerw. Cododd y chwerwedd hwnnw i'w wddw ac am ennyd blasodd surni'r cyfog ar gefn ei dafod. Un o enillwyr y byd oedd Sam Arfon. Byddai'r erthygl honno yn yr *Herald* ar drothwy'r etholiad wedi llorio unrhyw un arall. Rhywun llai wyneb-galed na hwn. Teimlai Tecwyn, wrth i'r gwaed ruthro'n boeth i'w ben, nad oedd o erioed yn ei fywyd wedi casáu neb gymaint ag yr oedd o'n casáu Sam Arfon y funud honno.

★   ★   ★   ★

Pan sylwodd Sam ar Mererid clodd ei lwnc. Ni allai yn ei fyw ei orfodi'i hun i droi ei gefn arni. Gwisgai siwt hafaidd, ysgafn ac roedd ei gwallt yn wahanol. Er gwaethaf llinellau ffurfiol ei gwisg roedd perffeithrwydd ei chorff yn amlwg o dan blygion y defnydd golau. Cofiai yntau'r corff hwnnw rŵan. Safai hi yno, wrth benelin Tecwyn, ei phrydferthwch anghyffredin a'i chwithdod yntau'n gosod y ddau ohonyn nhw ar wahân. Daeth pwl o anesmwythyd dros Sam wrth edrych arnyn nhw. Eitha gwaith â'r diawl llywaeth Eames 'na! Doedd ganddo fo neb i'w feio ond ef ei hun, nag oedd? Petai o wedi bod yn fwy o ddyn fyddai'i wraig o ddim wedi crwydro, na fyddai?'

'Maen nhw bron â gorffan y cyfri, Sam.'

Roedd cyffyrddiad Gwen ar fraich Sam fel cyffyrddiad glöyn byw, ond teimlodd fod ei bysedd yn llosgi trwy lawes ei gôt. Bu bron iddo wrido. Rhwygodd ei lygaid o gyfeiriad Mererid a'i orfodi'i hun i edrych ar ei wraig. Roedd ei hanwyldeb hi'n codi pwys arno; ffieiddiodd yn sydyn wrtho ef ei hun.

Ugain munud i un ar ddeg; roedd trymder y disgwyl yn gorwedd yn dew arnyn nhw fel haenen o lwch ar hen ddodrefnyn. Teimlodd Sam y rhyddhad oer yn golchi drosto fo pan welodd y clerc yn ceisio tynnu'i sylw. Diolch i Dduw. Roedd ganddo niwlen o gur yn dechrau lledu'n denau drwy esgyrn ei ben.

'Ddowch chitha drwodd am eiliad, Mr Eames?'

Dyn bychan, nerfus yr olwg oedd Llew Ifans bob amser a heno roedd ei bryder o'n crychu'n flêr ar draws ei dalcen. Teimlai Tecwyn ei draed yn llaith, ac roedd y tu mewn i'w esgidiau'n llithrig ac yn ddieithr.

'Ma' hi'n agos, gyfeillion. Yn agos iawn, iawn.' Roedden nhw'n gallu clywed arogl sych, blinedig ar ei wynt o. 'Wyth pleidlais sy rhyngoch chi!'

Roedd syndod Sam yn amlwg. Doedd o ddim wedi breuddwydio y deuai Tecwyn Eames mor agos ar ei sodlau. Teimlodd Tecwyn ochenaid araf o ryddhad yn llusgo drwy'i gorff. Efallai nad oedd y siomiant wedi cydio'n iawn ynddo eto. Roedd o'n dal i sefyll, yn dal i anadlu, a doedd yna ddim byd wedi dechrau disgyn yn deilchion o gwmpas ei draed o. Wyth fôt. Gallai fyw hefo hynny. Dim ond wyth fôt tu ôl i Sam Arfon. Colled anrhydeddus wedi'r cwbwl.

'Ma'r wyth pleidlais o'ch plaid chi, Mr Eames.'

Roedd hi fel pe bai Llew Ifans newydd danio gwn yn ei wyneb. Chwalodd sicrwydd Tecwyn yn llwch gwyn.

'Mewn achosion fel hyn, wrth gwrs, pan fydd hi mor agos, ma' modd i ni gynnig . . .'

'Ailgyfri! Dwi'n mynnu'ch bod chi'n cyfri eto, Ifans!' Ac roedd llais Sam yn chwyrniad tynn yn ei wddw.

Roedden nhw'n ailgyfri. Dim ond wyth pleidlais rhwng Eames a Sam Arfon. Ac roedden nhw'n ailgyfri! Roedd y cyffro'n ffrwtian yn fygythiol drwy'r neuadd fel dyfais ar fin ffrwydro. Canai'r anghrediniaeth yn gras yng nghlustiau Sam wrth iddo ollwng pwysau'i gorff yn erbyn ffrâm y drws. Teimlai rhywsut nad oedd o ddim yn yr ystafell o gwbl, ei fod o'n sefyll yno'n anweledig yn gwylio pawb arall yn chwilio wynebau'i gilydd. Y disgwyl, yr aflonyddwch, yr ailgyfri chwyslyd. Cyfri, cyfri, cyfri.

Chlywodd neb arall mo sŵn y seiren, mo nadau'r injan dân yn brathu'n bell drwy'r awyr o ochr arall y dref. Un ar ddeg o'r gloch. Ac roedden nhw i gyd yn rhy brysur, yn rhy awyddus, i sylwi ar sŵn. Pawb yn rhy sâl eisiau gwybod. Gwyddai Sam Arfon nad Trefor fyddai'n printio'r sgŵp y tro hwn. Clustfeiniodd eto am sgrechfeydd y seiren, ond roedden nhw wedi peidio bellach. Wedi'r cyfan, doedd swyddfeydd yr *Herald* ddim mor bell â hynny iddyn nhw.